总导演

饶雪漫

领衔主演

吴倩 饰 阙薇

戚蓝尹 饰 维维安

主演

何奉天 饰 池轩

唐谨 饰 刘翰文

吕沅轩 饰 戴爱玲

侯勇 饰 维大同

范凌伊 饰 刘波

林开心 饰 童年阙薇

王可昕 饰 童年维维安

职员表

导演组

监　制	方悄悄
副导演	果子李

摄影组　　**围观摄影**

总　监	孙翔宇
摄影师	阿　冰
摄影师	周酉酉
摄影师	ATS
摄影师	Mini醉

造型组

化妆造型师	婷　婷
造型助理	刘　其
造型助理	郭金金

制片组

总统筹	陈　旭
制　片	芳　芳
制　片	吴　振
武术指导	于彦凯
道具统筹	王乌仁
道具协助	李小七
服装统筹	刘小涟
服装协助	柴小沐

宣传组

全程宣传	栾　栾
全程拍摄	子　穆

这世上只有两种人，
疲倦的人，
和一直在追寻的人。
谨以此片，献给
执意追寻着痛苦的孩子们。

——饶雪漫

上
集

阙薇

和镜子说话的人

十七岁的时候，我开始学会回忆往事。

午后的屋檐，踮脚走过的小黄猫，黄昏空荡荡的楼道，风吹起的白纱窗，花床单上的茶叶盒和糖果，绿色的小碎花裙以及戴爱玲最爱的那台缝纫机。我闭上眼睛，侧耳聆听我的童年。它影像黑白，声音微弱，这令我多少有些不安。

为此，我特意花了一些时间去寻找一只猫。我希望它像我曾经养过的那一只，两三个月大足矣，性格温和、害羞，在我玩耍的时候，偷偷走过我的身边，在我睡觉的时候，愿意耐心地偷窥我。

但是结果令我失望。我走了很多地方，也找不到同样的一只猫，它们要么胖了，要么老了，要么毛色无光，要么目光呆滞，就是不肯与我有任何交流。

往事是用来遗忘，不是拿来回味的，某个月亮很圆的夜晚，我忽然悟出了这个深奥的道理，并且，这个道理让我在心里偷偷地欢乐了好一会儿——

我认为这代表着我成熟了，从此以后，我可以无所顾忌，我可以一往无前。

为了证明这一点，我决定去回忆里走一趟，一个人。

做出这个决定以前，我又跟戴爱玲吵了一架。严格意义上来讲，那也不算吵架，只算冷战。我们隔着一扇门，长时间不说话。有可能她在哭，可是我并不同情她。她别别扭扭的人生是她自己造成的，而我，就全拜她所赐。

我常常会想，如果她不是我的母亲，我会是什么样子？但不管是什么样子，一定都会好过现在这个样子。

唯一幸运的是，尽管我对自己的现状有诸多不满，但对于我的未来，我却总是怀抱希望。

就像我的名字，阙薇，阙薇，只要你读它，嘴角总是上扬的。

我在清晨五点出发。

我记得，我曾经住过的某条街有个特别有腔调的名字，叫做堂子街。可是戴爱玲很肯定地告诉我，没有，从来都没有一个地方叫这个名字。

是吗？

我不知道是我的记忆欺骗了我，还是她的记忆欺骗了她。事实上，那时候的我们为了躲债，确实辗转过太多的地方。我们母女俩像两只迷失方向的鸟儿，为了生存只能不停地飞呀飞。最怕的事就是刚刚落下脚，半夜又有人来用力地敲门，高声地喊着她的名字。她则飞快地关掉灯，拖过被子将我彻底地捂起来，不许我发出丁点儿声音。我在黑暗里用力地睁大双眼，睁大双眼，依然什么都看不见。而第二天早上，她一定又会站在我面前，装出一副若无其事的样子对我说道：“小薇，我们要离开这里。”

“去哪里呢？”我问她。

“新家。”她总是这么说。

不管是新家，还是旧家，它们总是一贫如洗。

不过和贫穷比起来，我更习惯的是寂寞。戴爱玲总是很忙，早出晚归。一个人呆在家里的时候，我数完糖果，编完小辫，只好和镜子说话。

“魔镜魔镜告诉我，谁是这世界上最漂亮的女人？”

“戴爱玲。”

“魔镜魔镜告诉我，谁是这世界上最温柔的女人？”

“戴爱玲。”

“魔镜魔镜告诉我，谁是这世界上最可恨的女人？

“戴爱玲。”

我那时候一定是很爱戴爱玲的，因为除了她，我也没别的什么人可以去爱。

戴爱玲很聪明，也很美丽。她喜欢皱眉头，还喜欢做衣服。

无论再忙再累，在缝纫机前干会儿活，是她临睡前必做的功课。

我怕独睡，所以习惯性地陪着她，实在撑不住了，就趴在那里闭一闭眼睛。在浅浅的梦里，我还能听到她踩缝纫机的嘀嗒嘀嗒声以及她轻微的叹息。我想她一定不知道，每次她熨衣服的时候，我都有一个冲动，抢过那个熨斗，从她的额头上轻轻地滚过去。

只因她皱起眉头的样子，令我莫名不安。

后来，我在一本书上看到一个词：红颜薄命。我立刻就将它和戴爱玲对上了号。尽管那时候我已经开始学会烦她，可我还是很怕，怕她会突然间从我的生命中消失。

如果真是这样，这么大的一个世界，就只有我一个人了，我该怎么办才好？

我觉得我还没有准备好。

关于她的爱情，我不想插嘴。

不想插嘴的原因，是因为它确实令我无话可说。

爱她的男人很多，但她爱的应该只有一个。她离开他已经很多年，我见过他们重逢的画面，她紧闭着嘴唇，像个患了失语症的小孩。而那个男人，已经和她想象中完全不一样，只有她，还是老样子。年轻，美貌，不以物喜，不以己悲。

我以为他们会拥抱，或者哭泣，要不就干脆对骂。但是他们都没有。

于是我也无可避免地变成一个可笑而冷静的旁观者。直到我身边那个“制造重逢”的凶手对我说：“走，我带你去吃冰淇淋。”

我忽然就很想呕吐。

他拍拍我的背说没事，长时间不睡就容易犯这种晕眩症。我觉得真正的原因，是他离我太近。这让我很不适应。

他叫池轩。我们的相逢是很奇怪的，他明明就站在我身边，可我却总认为，他从来都只是出现在梦境里。

金黄色的芦苇地，白色的猫，绿色的布条遮住眼睛。

他总是站在我身后，冷冷地看着我。

我找了很久，当我感觉到他怀里的温度，他就立刻消失了。

但他的一举一动早就刻在我的心里，就像我们已经认识了很多很多年。我记得他的眼睛像猫一样。他盯着我看了很久，猫一样的眼睛好像是在说：

阙薇，你不要抢走我的东西。

他留下了很多的橡皮泥。我东捏一个，西捏一个，全都捏坏了，也拼不成一个好看点的形状。

那只猫讥笑着说：你心里缺了一块，你没发现吗？

我发现了吧？我只是不想说而已。

我想他也是。

一个人私奔的路上很无聊。还好有一个人的游戏可以做。

八十八根小辫，一根不多，一根不少。从开始扎到全部拆散它们，总共用了一小时十七分。这是属于我自己的“吉尼斯纪录”。记得最初玩这个游戏，我需要差不多整整五小时。我迷恋这种不为人知的挑战，只因它反复告诉我，人的潜力无穷大，相信自己，比相信一切都重要。

扎过又拆掉的头发异常的蓬松，像烫过一样，让我显得分外的洋气。我把手指插在发间，冲镜中的自己做鬼脸，嘴左歪一下，右歪一下，下巴尽量往下伸三下。还记得某

个夜晚补习归来，只见隔壁的女人拉开窗大叫：“我热爱爱情！”她只穿了一件浅绿色的吊带衫，两眼饱含热泪，像一只失控的风筝，随时会飞出窗外。我被她吓了一大跳，我知道她，她的男人是别人的丈夫，她的男人三个月未归。

我觉得她随时会死掉，因为她热爱错了东西。我热爱的肯定和她不一样，只是我热爱的我不想让任何人知道。

其实，

我要什么呢，

我什么也不要，我只要我的新生活。

我从来没一个人出过门，所以毛手毛脚地弄丢了箱子。可是第二天早上醒来，发现它就放在我旅馆房间的大门口。

有人在跟着我。只是我看不见他。

为了证实我的猜想，那天我去了一家很高档的餐厅，我吃完饭故意没付钱就走掉了，也没有人拦住我。

好吧，既然你喜欢玩这种“善良”的游戏，我没什么不能配合的。

我在小旅馆破旧的浴室玻璃窗上写下三个字：信用卡。

谢谢他给我讥讽他的机会。不然这一程该有多无聊。

我还是喜欢和镜子说话。

只是这一次，我失手打碎了我最心爱的镜子。

我在破镜子里审视我自己的脸，不算满意。有件奇怪的事，我一直认为戴爱玲很漂亮，但我从来都不觉得我自己漂亮。

虽然也有很多人对我说，阙薇，你很美。

可我不在乎。

我看不见任何人，包括那个如影随行的他。

我不关心他在哪里，我只关心我自己。

只要我还能看见我自己，我就是安全的。

我对镜子里的自己说：“玩死他们。”

然后我被自己吓了一跳。

我这才发现，今天太阳这么大，走了那么多路，我居然忘了涂防晒霜了。所以鼻尖那里，好像长了一粒雀斑。

“雀斑”，是戴爱玲服装店的名字。

我在那里发过呆，做过很多的白日梦，也得罪过很多人。

有一次一个中年妇女在店里买了十几件衣服，可是买单的时候，她居然叫我：“老板娘。”

她趾高气昂地说：“老板娘，过来给我算算账。”

“这些衣服你都穿不了。太小了。”我把衣服一把扯过来说。

“你什么意思啊？”她很凶。

“就是你太胖的意思。”我直截了当地回答她。

她扔下衣服摔门而去，以后再也没有来过。

不稀罕。有钱很了不起吗，我从来都不觉得。有钱而没有智商的人，活在这个世界上，浪费空气、粮食，还有银行的电脑内存。

我从来都不是公主，也犯不着任何人来提醒我。

戴爱玲当然不知道这些。

就像她不知道，我偷过收银台的钱，去买过一支口红。

就像她从来也没想到过，她心爱的店有朝一日会不复存在。

而那座总是下雨的小城，我们再也回不去了。

我走得很累，我想要捕捉的回忆，却统统离我很远。

对着橱窗里的模特儿抹口红的时候，我忽然想起了一个人。

我们曾经在一起嬉戏过，他很认真，我比较勉强。

最后，我们毫不留情地毁掉了彼此。

我们都是被利用的孩子，唯一不同的是，我天真，他活该。

不过，我并不想报复。

人活在报复里，就会一直走不出过去。

我宁愿反复去回忆他在我的回忆里如小瘪三的样子。如果这是他一生的悔和痛，我就必须狠狠地戳下去。

让他怀念我好了，因为得不到所以咬牙切齿好了。

反正我自己，是要大踏步往前走的。

小旅馆的水龙头坏了，一个晚上，我都听见嘀嗒的水声。

于是我又做了奇怪的梦。

在那个梦里，我爬上了很高的天台。有个人一直跟着我，他手里拿了一根铁棍，对我说道："你敢过来吗，你过来我就一棍子敲死你。"

我很勇敢地过去了，就是绿纱裙有点笨重，所以我走得慢了一些。

我不怕死，我只想拿下他同样笨重的面具，我想看清楚他的样子。

我想和他对视，告诉他我其实也不是他看到的那么骄傲。我觉得他一定会吻我，他早就和我一样情不自禁。

然而，阳光忽然变得浓烈，梦境碎了一地。

我用白色面具，轻轻遮住了阳光，还有我的眼泪。

我才不会哭。

我努力让自己活得像个女主角，是因为期待着我们的故事能比现实精彩，哪怕也会更残酷。

醒来的时候，我竟然看见了真实的他。

他说：“我找到堂子街了，你要不要和我一起？”

我像公主一样伸出我的手背，他微笑着把我拉了起来，带我去了一条小巷。

巷子很深，我看见一扇灰色的门。他告诉我说：“小时候，你身体不好，你妈妈就是带你在这里练太极。”

那里还有一个很宽很旧的木头楼梯，他说我曾经在这里坐过，等戴爱玲回家，我有两个娃娃，一个叫天天，一个叫地地。

我知道他一定是在胡扯，但是我还比较喜欢听。只有我的过去变成一个故事，我的今天才有可能成为一个传奇。

我在楼道里坐下，努力模仿我小时候的样子。我问他，“你不陪我坐坐吗？”

他摇摇头说，“不，我可以替你拍照。”

我摆出各种姿势。

他透过镜头看着我。这个陌生人，他知道我的细节，远远超过我自己。

和镜子说话的自己。

爱编小辫子的自己。

为了练习忍耐，坐在床头一动不动的自己。

这是好事，还是坏事呢？

下午的时候，我们去到了河边。

他买了一只风筝，很大的燕子，有两只摇摇摆摆的翅膀。

我们奔跑了很久才把它放上天，直到我已经累得喘不过气。

我喘着气问他：“以后该怎么办呢？”

他把风筝别到我的背上，让我闭上眼睛。他说：“你什么也别想，我把你放走就对了。”

我心里想说：“可是我不想走。”话出了口，却便变成了：“好的。”

我忽然想起很久以前，也是在河边，我一把火将那些过去燃烧成灰烬。

我把“无情”二字刻上额头，只是想把“伤悲”二字从心里彻底移除。

我没有错。

如果我真的飞向了蓝天，我就不会再回来。

如果我真的不回来，他会不会难过？

难题加难题，构成我们的人生。

春天又那么短，还是不说为妙。

分别的时候我问他："昨晚，你是来过我梦里吗？"

他说："是的。"

"你戴了面具吗？"

"我没有，是你戴了。"

他看着我，不让我躲开他的眼神。

我们是对手，毫无疑问。所以，我们永远也不可能在一起。

无论我看他，还是他看我，都看不到对方最真实的样子。

当我飞走，他在原地。

当我停留，他已离开。

我只是想不起来初见他的那天，是不是也如此刻这般天光大亮，风止不动，消了呼吸。

我终于还是决定回去，带着我的破镜子。

“魔镜魔镜告诉我，我有没有爱上他？”

爱情永远是你自己一个人的事。

镜子说。

下

集

维维安

玩偶的《第十四钢琴奏鸣曲》

我叫维维安，她叫小小安。

小小安是个玩偶，可是她会说话。

当她左边辫子高高翘起来的时候，就是在说：“维维安，你不敏感要死吗？”

当她右脚朝前一步的时候，就是在说：“今天空气质量不佳哦。”

并且，一年四季，她也不嫌累，总是昂着她高贵的头，仿佛是在提醒我，维维安，你得给我高贵地活着。

遵命。

十二岁以前，我觉得我做得挺棒。

我是一个没什么缺点的小姑娘，细眉细眼，五官端正，知书达礼，懂事听话。

无论维大同安排我去做什么，我都不会拒绝。那是因为我觉得他很可怜。如果没有我，维大同就总是一个人，一个人吃饭，一个人睡觉，一个人干活，一个人犯傻发呆。

我觉得我怎么都比他好一点，至少我还有小小安。

她对世界横眉怒眼，唯独对我不舍不弃。

我够不到那个红色果子的时候，也是她安慰我，她说："苹果一点儿也不好吃，有什么了不起。"

梅叔很凶，但是他拿小小安也完全没办法。

比如他问我："这丑娃娃，你天天抱着她干啥？"

我觉得他伤害了小小安，可是小小安就根本无所谓，她依然骄傲地昂着她的头，看都懒得看他一眼。

我童年生活过的地方，有一片紫色的花海。还有那个花的名字，很古怪，叫什么“二月河”。

我第一次听到这个名字，觉得有些不可思议，明明是花，却非要把自己叫做河！

我问维大同：“这世上会不会有条河，叫做玫瑰花呢？”

“有牡丹江。”他把头从那本厚厚的书里抬起来，正儿八经地回答我。

瞧，他这么老实一个人，完全不懂我的幽默，又如何能讨得女孩子的欢心呢？

真是伤脑筋。

他过四十岁生日的时候，我在网上给他买了一个神秘礼物，是一本书，叫《泡妞秘笈》。礼物纯属匿名送出，所以我也不知道他到底有没有看过。

我问小小安：“你说他有没有看？”

小小安很肯定地说：“没有。”

“为什么呢？”

“因为他根本看不懂啊。”

就这么一个不解风情的人，居然还是谈恋爱了。准确地说，那是一场无疾而终的单恋。

那个女人开了一家手工衣坊，店名叫“雀斑”。

我去探访过那个店。那个店真的很美，飞满了白色的纸鸽。那个女人，我承认，她也很美。但我不希望她和我爸在一起，直觉告诉我，她会伤害他。

她淡淡的微笑，简直就是杀人的利器。

我心底明白，只要她出招，纵使我从小练就一身好功夫，也保护不了我爸爸一根毫毛。

“你的帽子很漂亮。”她夸我。

“我爸买的。”我说，“他每次给他女朋友买东西，都不忘记给我也带上一份。”

她只是笑，根本就不接我的话，于是我也不知道她是不是在乎。

应该也是在乎的吧，不然她的眉宇间，为什么总似有淡淡的忧愁？

那个女人叫戴爱玲，她的女儿叫阙薇。

我们曾经同班，同宿舍。

我不可能喜欢她，但也谈不上不喜欢她。

举个什么例子来说明呢，你说星星会喜欢水杯吗？

窗帘会喜欢铅笔吗？

树叶会喜欢桌子吗？

墙壁会喜欢手机吗？

八竿子打不到一块，对哦，就是这个意思。

就算离得只有5cm那么近，我也可以视她为空气。

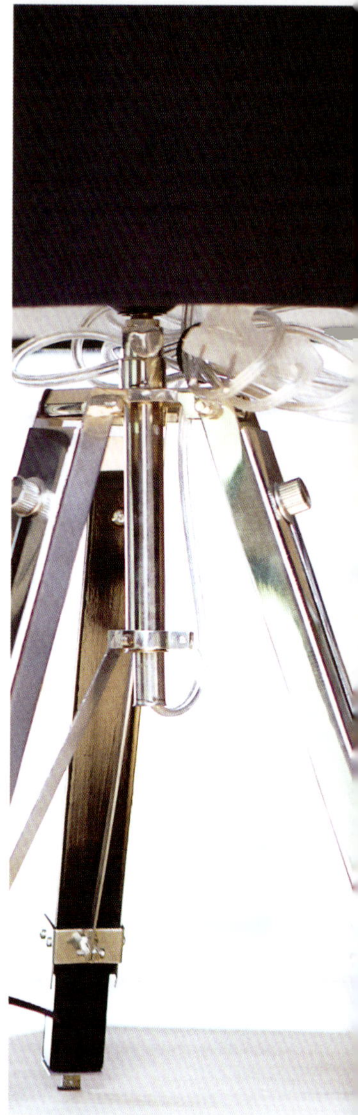

夜深人静的时候，我喜欢帮小小安写日记。

有时候写到一半，会卡壳。我们的文风不太一样，她总是嘲笑我："乡下妞，不够潮。"

我问她，什么叫"潮"。

她像模像样地说："不要总活在回忆里。"

我根本就不是那种念旧的人好不好？我只是想知道一个我特

别想知道的答案，如果没有人告诉我，那我就得自己去寻找。

可是，是谁说，你知道得越少，你的痛苦就越少。

如果我管不住自己，如果我可以承担，如果我比自己想象中还要勇敢，那又有何不可呢？

“放屁。”小小安说。

这件事，她好像从来都不站在我这一边。

那支黑色的钢笔是维大同送给我的，又粗又大，特别有范。我想用它给小小安写十二篇日记，探讨死亡的意义以及方式。这一回我写得很放肆，以至于小小安都夸我有进步。

其实，当我知道她没有死的那一天，我便有了好好写点什么的冲动。无论她在哪里，我总有一天会找到她。我会告诉她，其实你不要我也没有关系，我没那么恨你。

我说的是真心话。

就算2012永远不来，我们还是得离开。离开这个世界，离开彼此。她只是早了那么一点点，她一定也有她的原因，没什么。

我对她就如同我对待这个糟糕的世界一样。

没期待，却永远也不缺宽容。

我靠着那个木头梯子，很想把我写的一些东西念给维大同听，或者在书架上随便抓本什么书念给他听，像我们小时候一模一样。

但他哪里会有耐心呢？

我只能坐在那个古董钢琴前弹琴，不成曲的调子，一下，两下，三下。

小小安捂住耳朵说："你再继续，我就要死掉了。"

"我忘记了。"我说。

"贝多芬的《升c小调第十四钢琴奏鸣曲》。"小小安说，"你那时候弹得很好。"

原来我曾经微笑着，没心没肺地弹过那么多伤感的曲子。原来的我和今天的我，到底有多少的不同？

小小安命令我："不许哭。"

我没有哭，我只是伤感。

明明知道往事一去不复返，还是会伤感。

阳光正好。

我看着儿时的自己。

他看着他的手机。

小小安在睡午觉。

我知道，他在想戴爱玲，可是戴爱玲不想他。

我在想某人。

可是某人和戴爱玲一样，一去再不回来。

我想要安慰他，只是声音一出来，就消失在空气里。

我想要躲到他怀里，好好地哭一场，但那完全不是我的风格。

所以我只有站在“二月河”里，把滚瓜烂熟的拳法，来来回回打了上百遍。

我要打败欲望，打败好奇，打败冒上心头的可怕的小念头，打败不可理喻的我自己。

但是，我常常还是会想起那次雨中的相逢。

那是我第一次见到他，那时我根本就不知道他是谁。他拿了一把黑色的伞，想替我挡一场雨。可是雨太大了，一点都没有遮住。我浑身湿透了，当然他也是。

那一次我们的对话，我已经全部不记得了。

我只记得他对我说：第一朵雪花飘落，我会回来。

我只记得他的拥抱，让我的电量瞬间满格。

他有他的神奇，我不得不承认。

后来我听到一句歌词——

“你知道，就算大雨让这座城市颠倒，我会给你怀抱……”

再后来，我又听说那首歌名叫《小情歌》。

顿时脸上像火烧一样。好像是莫名地失了面子。

不过，我还是偷偷在算，他走后，这个城市再没有过当天那样的瓢泼大雨了。

我们终究逃不了，面对世间的多变与苍老。

我猜想他离开时的画面。马路边尘土飞扬。但他的笑容却一尘不染。

我猜想他没有忘记我。

小小安很严厉地告诉我："你必须忘记他，必须。"

"为什么要忘记？"我说，"我偏偏要记得。"

我们志同道合，是因为有共同的敌人。我们分道扬镳，是因为有各自的追寻。但是这些，跟我忘不忘记他没有关系。

我就是要记得，偏要。

我时时刻刻提醒自己，你已经失去他，再也找不回。

我用这种方式，锻炼自己的坚强。

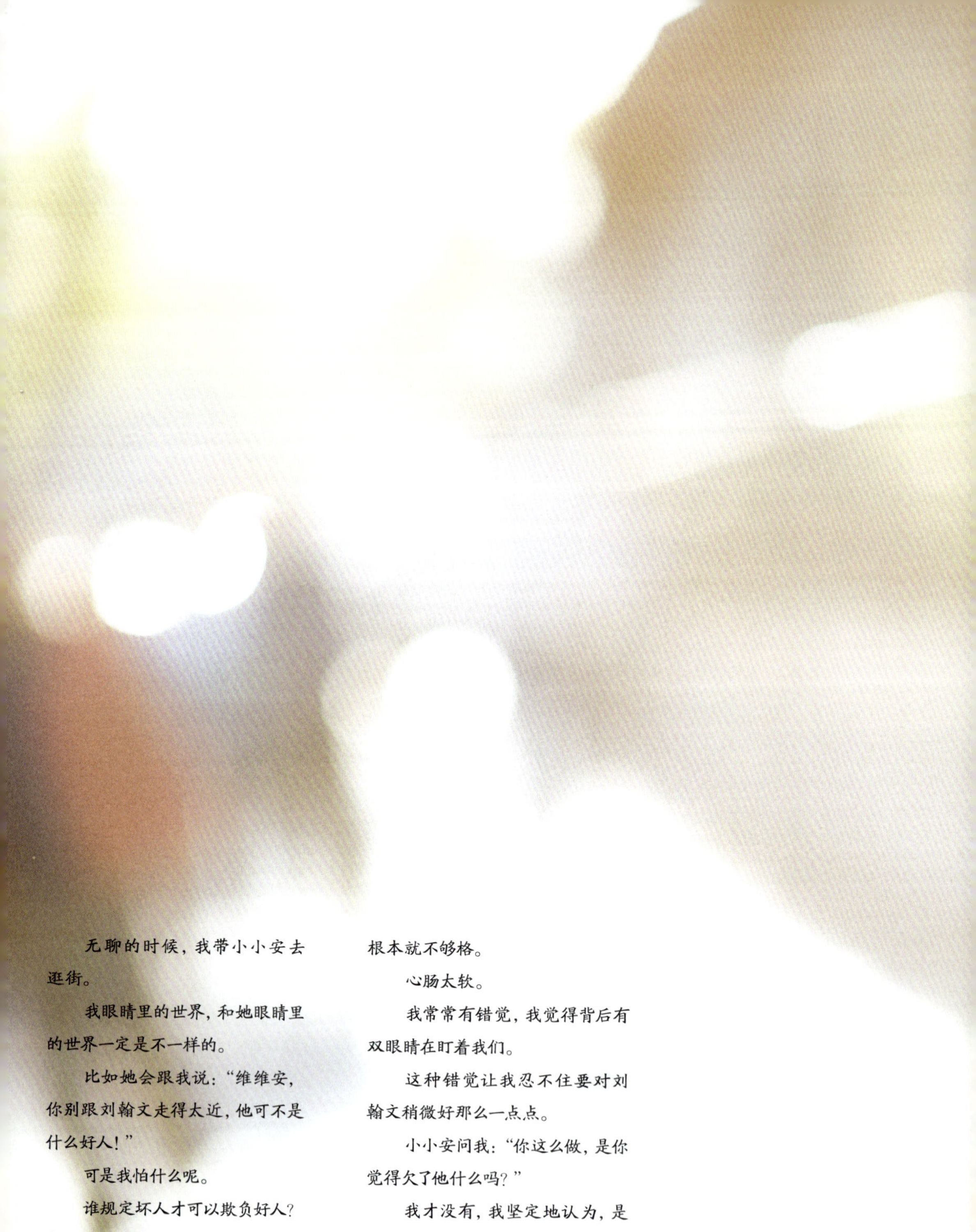

无聊的时候，我带小小安去逛街。

我眼睛里的世界，和她眼睛里的世界一定是不一样的。

比如她会跟我说：“维维安，你别跟刘翰文走得太近，他可不是什么好人！”

可是我怕什么呢。

谁规定坏人才可以欺负好人？当好人反击的时候，坏人怎么死的都不知道。

更何况刘翰文这种人，当坏人根本就不够格。

心肠太软。

我常常有错觉，我觉得背后有双眼睛在盯着我们。

这种错觉让我忍不住要对刘翰文稍微好那么一点点。

小小安问我：“你这么做，是你觉得欠了他什么吗？”

我才没有，我坚定地认为，是我救了他。

哪怕他不从对我说一声谢谢。

他寂寞的时候，我愿意陪他去放风筝。

我们在山坡上，他问我：“我在你眼里是什么样？”

我在便利贴上写下两个字，贴在他脸上，不许他看。

他写了两个字还给我，也不许我看。

我恶作剧，写了“阙薇”。

他比我善良，不提那个名字。

我们写啊写，贴啊贴，玩这个游戏玩得筋疲力尽。直到太阳都快要落山，我们才躺下来，用力伸展四肢，想象自己是一只就要远去的风筝。

我觉得他哭了，但他死不承认。

小小安也说他没有哭。

“你知道吗？”小小安说，“他在偷看你。”

小小安撒谎的样子很可爱，像我。她是我教坏的孩子，我不怪她。

在我寂寞的时候，刘翰文陪我到楼顶荡秋千。

因为我不会尖叫，所以他觉得没什么乐趣。

我叠了一只纸飞机，让他飞到对面天台上去。

他试了一千零八十八次，都没有成功。

最后，我们只能放飞自己。

“说点什么好呢？”他转头问我。

“我要飞啦。”我说。

“毫无创意。”他批评我，“当什么文艺女青年！”

“那都该说点啥？”我谦逊地请教他。

“我要死了。”他说。

要勇敢活着。

我把这行字，用彩笔写在刘翰文的胸口上。

但他只肯露出胳膊上的纹身，不肯露出胸口上的字。他的理由很牵强——纹身漂亮，我的字不漂亮。

后来我在街上看见他，他可怜兮兮地蹲在路边，看上去真是衰到家了。

我有点弄不明白，男人怎么都这么可怜呢，除了那个天杀的姓池的。

他说："看你可怜，告诉你一件事。"

"什么？"

"我在刘二的办公室，见过他。"

我的心瓣里啪啦乱响了好一阵。天，好像又要下雨了。

见过就见过吧，没什么了不起。

连诺言都不能遵守的人，有什么值得想念的？

刻章办证

但我还是没出息地去了刘二那里。那里有个笨钟，时针一动不动。我跟刘二说话，刘翰文想他自己的心事。

刘二说：“听说他俩谈恋爱了。还一起出去旅游了一趟。”

我假装笑，偷看刘翰文，那么长时间过去了，他还是面无表情。

我忽然觉得他假装深爱又假装忘记的样子很牛逼。

笨时钟一动不动。

那天晚上，小小安在日记上写两个大字：想念。

我用橡皮，一点一点地将这两个字擦掉了。

我没有很想他，就是有点生气。

生一条街的气，生雨天的气，生苹果的气，第一次生小小安的气。

生我自己的气。

小小安在一旁自顾自叹息："玩偶不会死，可我也不想长命百岁。"

因，为，我，不，想，一，个，人。

你会陪我到永远吗，

可是永远它到底有多远？

这种高智商的题小小安答不出，于是恐吓我说："你哪天不喜欢我了，我就掐死我自己。"

我不喜欢任何人威胁我，
更讨厌每个不爱自己的家伙。
于是我丢下她，在初夏的夜晚漫无目地独自游荡。
石头很凉，苔藓潮湿。
星星怕着凉，所以躲在云朵里不肯出来。
当《第十四钢琴奏鸣曲》从月光里飘出的时候，
我靠着我心爱的木头箱子睡着了。

晚安，其实我没那么爱你。

附录

有梦想，无所谓

Part 1
她们说

年少的你，是否也爱感慨，为什么那些美好的过去连声再见都来不及说就真的过去了，而你想要的未来，却一直都还没有来。

在那件叫做“怀念”的白衬衫上，一定有一些印痕，如同脸颊上的雀斑，用尽办法也擦不掉，洗不去，惟有耿耿于怀。

该怎么办呢？

其实很简单，要么忽视它，要么承认它美。

很多时候，最苛刻的其实是我们自己。当我们可以坦然地接受自己以及他人的不完美，当我们在落泪的时候也能感受到“拔节”的滋味，这就是成长。

这也是我写这个故事的真正的原因。

饶雪漫

我以为饶雪漫再也写不出新鲜的故事来了。

但她又一次成功了。

我承认她是个天才，一个永动机，而我就是她身边最清楚的旁观者。

深夜加班，和她一起讨论这个故事该如何发展，我觉得我有点激动。所有意想不到的东西，全被饶雪漫想到了。

你要做的，只有一点，那就是看下去。

方悄悄（编辑）

Part 2
他们说
——摄影师镜头下最难忘的画面

这次的摄影团队一行五人，号称“男人帮”。拍完三天后，我们采访了他们，问题只有一个：请回想一下，拍摄时最令你难忘的画面是什么？要凭第一直觉来答哦。

孙翔宇: 四个主角在大街上，青春逼人的样子。我喜欢丰富的情节，可以任意想象，那一刻我觉得我离我的青春时代近了。

ATS：我最难忘的是小姑娘和她妈妈在缝纫机前的那场戏，当时我也入戏了，有种时空交错的错觉。

阿冰：我感觉自己拍得最好的是两个女孩在大街上的合影。她们穿着很简单的服装，表情自然而然，当时流露出的感觉非常动人，让我的相机快门兴奋异常。

Mini醉：我很难忘两个女孩在地板上打架，不知道是不是因为演员表情到位，反正我有很心动很心动的感觉。

周酉酉：刘翰文和钟的那张图吧。我觉得一切都刚刚好，人物焦虑的情绪也很饱满，那是我喜欢的东西，有细节。还有就是妈妈和白纱窗，我记住了当时的逆光和她的美。

Part 3
世界上另一个我
演员访问录

ASK吴倩（饰 阙薇）

Q：你是怎么看阙薇这个角色的？

A：阙薇是个很复杂的角色，她自尊心极强，美丽，自负，并且虚荣。她和她母亲有着完全不同的人生观，认为可以拥有的便是自己的，不管用任何手段。从某种意义上来说，我跟阙薇这个人物是可以重叠的，我了解她，就像了解我自己，我们都是很骄傲的女孩，因梦想的天空总是大于现实，于是总在不断的受伤中匍匐前行。这样一个女孩，她的内心是脆弱的，她也许不需要保护，但她需要肯定。

Q：印象最深刻的戏：

A：有一场戏，阙薇回到童年与母亲一起居住的旧房子里，小时候的她总是坐在楼道上等妈妈回家，那时候她总企盼自己快快长大，可长大后她却和妈妈渐行渐远。那场戏结束后我偷偷哭了，我想我真的读懂了阙薇，她拜金骄傲却仍然值得爱，因为她有一颗孤独的心。也希望读者们能读懂她。

ASK戚蓝尹（饰 维维安）

Q：你如何看待维维安这个人物？

A：拍摄的第一个晚上我就熬夜看完了《雀斑》。我喜欢这个能把遇见的一切都掌控在自己手里的女孩儿。可以说，维维安是另外一个平行次元上的我，她喜欢黑暗，眼神却很明亮，她的聪明伴随着心机，但她不坏，当她有心无心编织谎言的时候她的灵魂是很干净纯洁的。

随着对角色的深入了解，我开始心疼她了，一个女孩，从小就没有见过自己的妈妈，在豆蔻年华里没有人给她买小裙子，给她扎好看的马尾辫，她面对的只有武术和钢琴还有伊藤润二那种黑暗的漫画。我没办法猜测她童年的故事，一点点揣摩会觉得有点残忍。唯一可以确认的是，维维安的聪明和坚强绝对不是与生俱来的，她的童年让她学会了用她独有的小聪明和小谎言把自己的内心包裹起来。所以，我希望大家在赞美她的聪明和腹黑的时候多给她一点心疼。

我猜测她还有很多秘密，饶大坑肯定不会放过这个黑暗与光明交织的精灵，所以大家拭目以待吧!

Q：拍完后最想说什么?

A：雪漫姐，你快让维维安和池轩在一起吧，不然我会去拿好吃的绑架饶小坏!

ASK何奉天（饰 池轩）

Q：说说你和《雀斑》幕后的八卦吧!

A：与《雀斑》结缘要追溯到去年九月，那时候我还是中戏大二的学生，有一天在学校打篮球，被路过的凤凰雪漫工作人员看中，被拉着稀里糊涂地去试镜。后来我们去烟台拍摄MV，当摄像机对准我，导演喊“第一场，池轩准备”，那一刻我才意识到，我真的成为了雪漫姐笔下的池轩。

作为男主角，我的福利是跟所有女性角色都有对手戏（这让“刘翰文”羡慕死了）。记得有一场戏，我们赶着拍完吃饭，吴倩说她要换套衣服，我脱口而出：“你家穷，换什么衣服啊!”所有人都笑喷，雪漫说我进入角色了。

Q：你觉得你和池轩像吗?

A：其实我跟池轩的性格有很大差异。池轩的成长期有着不为人知的隐痛，多年来背负隐痛长大的池轩对父亲的依恋非常浓烈。他想用自己的方式摧毁父母的婚姻，教训伤害他父亲的人，却在胜券在握之际最终输给自己的内心。而我拥有一个很和睦的家庭，从小在无忧的环境中长大，所以当工作人员逼问我我和池轩有什么共同之处时，我只好羞涩地表示，我们都很帅，这算共同之处吧……

ASK唐谨（饰 刘翰文）

Q：作为一个很红的平面模特，这次拍摄和你平时拍图有什么不一样吗?

A：这次拍摄感想很多，学到很多东西，认识了很多的好朋友，大家都为了《雀斑》一起在努力，一起去完成一个好的作品，我感到很充实也很有意义。其实之前我也有过很多拍摄的经验，但这一次无疑是最辛苦的，因为不仅仅是单纯的摆姿势，还得表演出感觉来。

Q：印象最深的一幕是什么？

A：我记得是拍摄第一天的下午，我们在巷子里拍刘翰文调戏阙薇的场景，之后有人给我看花絮视频我才知道，原来阙薇的“原配”池轩在旁边吃醋了，对着镜头抱怨：“为什么有人调戏我的女朋友我还只能在旁边看？”一边说还一边假装用石头扔我，哈哈哈。不过私底下我和奉天是很好的朋友，甚至有人说我们是好基友，强烈要求雪漫姐把结局改成池轩和刘翰文在一起。（我滚了）

ASK范凌伊（饰 刘波）

Q：你怎么被雪漫姐选中的呢？

A：海选啊。偷偷告诉大家一个秘密，其实我今年还只是个高中生，所以一开始我接到刘波这个角色的时候，我第一反应是，我能演好这个姐姐吗？雪漫姐告诉我，我能。

Q：喜欢刘波这个角色吗？

A：刚开始我认为刘波只是一个花痴叛逆的富家小姐，但是在片场雪漫姐对我耐心地讲述她的内心世界与她的经历，我才发现我根本不了解她。

刘波，是个有故事的女人——叛逆期离家出走，背着背包走了大半个中国，飞蛾扑火般地爱过很多男人。懂事后回到家乡，帮父亲料理家业。最打动我的是她的一句话：

“我没有爱情就会死，如果说现在有什么改变的话，那就是我已经是爱情游戏里的高手，可以掌握主动权了。”

她敢爱，不再怕受伤。我希望我也能像她一样，清醒，但永远相信爱情。

ASK吕沅轩（饰 戴爱玲）

Q：你心中的戴爱玲是什么样子的？

A：她是个很有内涵的女人，心里有很多事，但不会说出来。柔和温婉，却非常有主见。她深爱着池振宸，这一点不会有人怀疑，可她却有勇气彻底地从他身边离开，这是令我最佩服的一点。用演员习惯的说法，就是这个人物很“有戏”。

Q：这么年轻就当妈妈的感觉如何？

A：在此之前，我不知道自己能不能胜任这个母亲的角色，到了片场，工作人员把照顾小开心的任务交给了我，他们对我说：“现在你就是她妈妈了。”于是我这个“大孩子”就牵着“小孩子”四处转悠。小开心实在是太可爱了，让我母性大发，有一场戏是我教她打太极，小开心主动帮我擦汗，我的心都被她融化了，真恨不得自己真的有这么一个可爱的萌女儿。

ASK王可昕（饰 童年维维安）

Q：最难忘的一场戏是什么？

A：练武啊！幸好之前有些舞蹈功底，劈叉高抬腿自然不在话下，可要像武指老师打得那样好看、英姿飒爽还真是不容易呢。雪漫老师说，《雀斑》拍摄成微电影的时候就得看我练的真功夫了，哈哈……非常非常期待！到时候一定要跟武指老师好好学几招。

还有一场戏就是拍摄小维维安弹钢琴。摄影师叔叔们真是善于发现美、捕捉美，照片拍得好漂亮啊！雪漫老师在现场听说我的哭戏非常好，就临时给我加了一个镜头，拍摄小维维安伤心流泪。当雪漫老师在示意现场安静的时候，想着维维安的命运，我的眼泪已经夺眶而出，痛快顺利地完成了任务。

鼓掌！

ASK林开心（饰 童年阙薇）

Q：你知道你演的是谁吗？

A：小阙薇。

Q：你知道你很可爱吗？

A：都这么说。

Q：那你和大阙薇比，谁更可爱呢？

A：（想了半天）你问妈妈。

Part 4
有梦想，无所谓
——工作人员跟拍手记

《雀斑》的拍摄历时三天，在这三天里，我们转了七次场，用了两百多件道具，一百多套服装，平均每天睡眠不超过五小时，在路边吃了六顿盒饭，拍摄了五千多张照片，精选了一百张。

所以，此刻你拿在手里的这本书，请相信它不仅仅是一本书，它体现了九位演员、五位摄影师，以及十八个工作人员对于完美的苛求。

当你在感慨《雀斑》的精致时，请翻到这本书的第一页，记住每一个工作人员的名字。

果子李（副导演）

我出生在黑龙江省的一座小城里，我在十七岁的时候喜欢上了一个人。在高考以前我都不确定我未来的路该如何走，直至阴差阳错地考到哈尔滨，在2009年的冬天，期末考试的前两天跑去新华书店，见到了我心心念念六年的那个人——饶雪漫。

上个月，《雀斑》截稿的时候，雪漫在QQ上敲我，我点开她闪动的头像，看到一句话：《雀斑》截稿了，你要不要先看？

我想她肯定不知道，电脑的另一边，有一个人因为不敢置信自己的幸运而湿了眼睛。

栾栾（宣传统筹）

来公司实习的第五天，就有机会参与《雀斑》漫电影的拍摄，内心的激动难以表达。飞奔到会议室，雪漫姐笑着提醒我："周末不能休息哦。"我亢奋地大叫："我愿意！"会议室的人都笑了。

在得知我的工作是服装统筹，要负责剧组全部演员的服装时，兴奋之情开始一点点演变成紧张。所有衣服、配饰、鞋子加起来有两百多件，说实话，这对于一点工作经验都没有的我来说，真是一个不小的考验。

《雀斑》里面我最爱阙薇的一句台词："我什么都不要，我只要我的新生活！"而我也想说，现在的我什么都不要，只要这为梦想而努力的新生活！

柴小沐（服装统筹）

四月的清晨风，依旧是凉凉的。为了抢取清晨的第一道阳光，我们《雀斑》的拍摄团队五点钟不到就开始了忙碌，在二十五层楼的天台上，为了拍摄出最好的角度，摄影老师在没有任何保护措施的情况下，跨在天台的栏杆上……我有恐高症，写到这，手心已经再度开始冒汗了。

就在拍摄的最后一天，我一个不小心摔了个大马趴，变成了女版的杨过大侠，因为只有左手能拿东西，所以大家都不再让我干活。我经常看着她们忙碌的背影大声喊："我是受伤了，但还不是残废！"然后灰溜溜地赶紧追上他们。

李小七（道具统筹）

毕业以来，每次以梦想的名义做事时，总是灰头土脸地与失败撞个满怀。后来，我学乖了，只按时完成领导分配的工作，无闪失，不闯祸。《雀斑》的拍摄亦是如此。我购置、管理道具，完成了分内的工作，没有延误拍摄进度拖大家的后腿。

十几岁的我曾梦想成为大作家，写剧本，做影视剧，让一张张漂亮的面孔成为我笔下人物的代言人，将低调的文字变成华丽的光影。

时间这把锋利的刀砍掉了我心中一个又一个闪亮的梦想，此时此刻，我居然与那个陈年旧梦有了交集，令三天加起来只睡了十小时的我感到无比幸福。

王乌仁（道具统筹）

Part 5
我们的主题曲

雀斑

作词: 饶雪漫

作曲: 崔弦亮

演唱: 黄琬婷

我见过海
没见过那一场海啸
写好了情书
却遗失了最爱的邮票
我们都已经长大了
却还像孩子一样无聊
孤单时抱抱自己
就相信一切还好

你离开后
悲伤它化作一粒雀斑
藏在眼角像固执的泪
只能掩饰却永远都擦不掉
我多么想
变做你鼻尖一粒雀斑
当你微笑
我总是第一个看到

我见过海
没见过那一场海啸
偶尔想起你
还是会心如刀绞
莫非这就是初恋的味道

也许你会忘记，但总有一天会再想起。

敬请期待《雀斑》青春纸上电影第二部《阙薇·池轩》

特别鸣谢

PChouse家居杂志

太平洋家居网www.pchouse.com.cn

提供全程服装及场地支持！

场地鸣谢

Casa Pagoda时尚家居精品店

有好货社设计师集合店

秀冠咖啡

服装鸣谢

北京巴黎服装店

仙度瑞拉洋服殿

Underground kidz服装店

mega mega vintage服装店

活动合作 zooq.com

雀斑

饶雪漫 作品

译林出版社

图书在版编目（CIP）数据

雀斑 / 饶雪漫著. — 南京：译林出版社，2012.5

ISBN 978-7-5447-2772-3

Ⅰ. ①雀… Ⅱ. ①饶… Ⅲ. ①长篇小说-中国-当代
Ⅳ. ①I247.5

中国版本图书馆CIP数据核字（2012）第072881号

书　　名　雀　斑
作　　者　饶雪漫
责任编辑　王振华
特约编辑　方悄悄　李　媛
出版发行　凤凰出版传媒集团
　　　　　凤凰出版传媒股份有限公司
　　　　　译林出版社
销售电话　010-84910228
集团地址　南京市湖南路1号A楼，邮编：210009
集团网址　http://www.ppm.cn
出版社地址　南京市湖南路1号A楼，邮编：210009
电子邮箱　yilin@yilin.com
出版社网址　http://www.yilin.com
经　　销　凤凰出版传媒股份有限公司
印　　刷　北京凯达印务有限公司
开　　本　700×1000毫米　1/16
印　　张　15.5
字　　数　120千字
版　　次　2012年5月第1版　2012年5月第1次印刷
标准书号　ISBN 978-7-5447-2772-3
定　　价　39.80元

译林版图书若有印装错误可向承印厂调换

上部

阙薇

我要什么？我什么都不要，我只要我的新生活。

2009-10-12　18：00　来自微博（阙薇）　　转发（0）收藏　评论（0）

1

八岁以前，我和我妈住在堂子街。

堂子街是个什么地方呢？市中心那条笔直的马路走到底，往左望：你会发现在高楼林立的背景里，只有这一片像被外星人经过时削了一刀，凹下去一小部分。

已经完全不属于繁华都市的胜景。

这个区域，就叫堂子街。

当年这条街是石板路，但是石板和石板中间隔着好大的缝隙。因为阳光一直光顾不到这里，所以石板和石板的中缝里长满了青苔，你如果不小心踩到，滑死人都有可能。下雨的时候，我总舍不得踩脏我唯一的球鞋，所以就拎着鞋，赤着脚走回家，夏天还算好，冬天就比较惨，脚冻得发紫不说，一不留神被哪个死小孩从后面猛地一推，就结结实实地摔倒在泥地里。

回到家，脱掉脏校服，冲干净脚，接下来要做的事常常是爬到家里唯一的大床上，把作业本摊在枕头上，就着窗口的光趴在床上写作业。屋子里一点光线都透不进来的时候，我才会拧亮床头那盏小小的台灯，从枕边的旧茶叶筒里摸出一粒水果糖，含在嘴里，等她归来。

是的，八岁以前，我家很穷。我爸在我两岁的时候查出来得了肺癌，在我四岁的时候离开了我们。为了给他治病，我们欠了一屁股的债。为了躲债，我妈只能带着我四处流浪。在堂子街住下后，我妈先是在一家餐馆当服务员，后来去了一家酒店做前台，再后来，去了一个有钱人家做保姆，照顾他有病的儿子。最后的最后，她做了这个有钱人的情妇。

这个有钱人，叫池振宸。

第一次见池振宸，是在堂子街那个几十平方米的小屋。我放学回来，看到街口停着一辆车，车子看上去很高级，有几个小孩经过它时停下来看了几眼，其中一个还满怀恶意地朝着车窗吐了口口水。我回到家，意外地发现我妈在家，旁边还立着一个高大陌生的男子，穿黑色的夹克，很和善地冲我笑了一下。我惊喜地发现不大的餐桌上摆满了东西，有烤鸭、糖果、营养品，甚至还有新裙子，应该是我的。

妈妈的左脸颊是青的，肿起来很大一块。她慌乱地对我说："阙薇，你出去玩会儿，过会儿再回来。"

我听话地放下书包，不声不响地出去了。当然我没有走远，只是躲在门外。

很快我听到池振宸对我妈说："你带上女儿，跟我走吧。"

"还是你走吧。"我妈说，"我还想多活几年呢。"

"有我在，没人敢动你。"透过门缝，我看到池振宸一把把我妈拉到他怀里去，我妈做着无声却激烈的反抗，那是我第一次目睹男人与女人的战斗，她踢他，咬他，他均不还手，只是牢牢地将她抱紧，直到她终于安静下来，趴在他的胸前，低声地哭起来。从我的角度，我只能看到池振宸的背影，在那个阴暗潮湿的小屋，他像一盏稳稳当当的不需要担心电费的大灯，瞬间就令人安心地照亮了一切。也不知道是紧张还是激动，我一下子没站稳，身子猛地往前一倾，“啪嗒”一声就一头跌栽进了屋子。

“我明天来。”丢下这四个字，池振宸匆匆离开。临出门的时候，他伸出手，将还狼狈的趴在地上的我一把拉了起来，并顺手替我拍了拍校服上的灰。

我妈躲闪地看了我一眼，什么也没说，拐进了厨房。那晚她做了简单的饭菜给我吃，可是她自己什么都吃不下，心事重重。

“你的脸怎么了？”我问她。

“摔的。”她说。

“我想试那条新裙子。”我说。

“那不是你的。”她突然大声地说，然后有些烦躁地站起身来，在屋子里走了两圈，最后她拿了一个大袋子，将那些礼物统统都收了起来，把袋子扎好，放到了墙角。

夜里，她睡不着，辗转反侧。其实我也睡不着，我也想辗转反侧，但是怕引起她的注意，我只能硬逼着自己一动不动，装睡。迷迷糊糊的时候，我听到她压低了声音给别人打电话，一边讲一边哭：“表哥，欠你的债我怕是还不了了，我要是活不了，你替我带大阙薇，这孩子懂事，会知道报答你……”听到“活不了”三个字，我一下子就清醒了，猛地从床上坐了起来，清冷的月光照进屋子，我第一次发现，半夜的月光竟然是惨白惨白的，很有些吓人。她没发现我已醒，背对着我哭得厉害，电话也讲不下去，于是我又悄悄地躺下去了。

第二天早上上学，趁她给我做早饭的时候，我偷了那个袋子里的一包饼干带到了学校。奥利奥，电视广告上说，如果泡在牛奶里吃，会更香甜。我没有牛奶，电视也常常收不到想看的频道。想到这里，我像跟那包饼干赌气一样，三下两下就解决掉了它。

忽视干得要命的喉咙，我擦掉嘴角的饼干屑，拿出我的铅笔盒。那是一个很小的铁盒子，里面偷偷放着半块镜子碎片，照着我和喉咙一样干得要命的没有营养的脸。同桌谢俏俏穿了花裙子，前排的牛蒙蒙穿了花裙子，巨胖的林文瑄也穿着花裙子，只有我没有，我忽然很恨我妈，非常非常恨，说不上来的恨，无从解脱的恨。

我讨厌贫穷。讨厌一无所有的感觉。

她将我拽入这样的生活，让我无法逃脱。

真要死，就让她去死好了。

林文瑄在数学课上偷吃巧克力，我看到她把黑色的巧克力放在手里捏了又捏，趁老师不注意的时候一把扔进嘴里，然后把脏兮兮的手往裙子上一擦，妄图消灭证据。

那一刻，我有个恶毒的念头，砍掉那只胖乎乎的不知好歹的手。是的，不知好歹。我如果有那么好看的裙子，我发誓我绝不会那么粗暴地对它。

体育课是自由活动，她们围在一起吃冰棒。“绿色心情”。谢俏俏舔着冰棒过来跟我聊天，我发现她的舌头也变成了可怕的绿色，整个人像一只绿色的恶心的虫子。

“阙薇，你放学一个人回家不怕吗？”

“没人接我。”我说。

“她没有爸爸。”林文瑄也凑过来，“她妈是二奶！”

堂子街的消息，总是传得飞快。

我懒得和她们争论或者吵架。我只是默默地站起身来，走到更远一点的地方独自坐下，我知道我跟她们这些人是不一样的，她们有花裙子又怎么样呢？放学有人接又怎么样呢？还不是一样永远呆在堂子街，最后就变成街头那些一面嗑着瓜子一面说着飞短流长的恶俗大娘。如果非要我跟她们说点什么，我只能说，真可怜。

“阙薇，来玩游戏，官兵捉强盗哦。”过来拉我的人是班长牛蒙蒙，我才不领她的情，她这么做，无非是想让老师多表扬她一句有多么多么热爱集体团结同学。虚伪！

我早说过了，我跟她们不一样，不做作不卑微不可怜。

那天放学，我一路小跑回家，她不在家里，但那个袋子在。她一定没发现我偷走了一包饼干，而现在，我还要偷走里面的那条裙子。我用飞快的速度解开了那个袋子，抽出那条裙子，飞快地套到了自己身上。

紫色的公主裙，胸前有几朵小花，层层叠叠的下摆像云又像雾。我敢说，全校，哦不对，是全市，没有一条裙子能超过它的美。可惜家里连穿衣镜都没有，只有卫生间盥洗池上的一块狭窄的小方镜，只能照到上半身。我悄悄地从客厅里搬来一张凳子，把它放到镜子对面的墙角，战战兢兢地站上去，勉强可以欣赏到裙角。

“阙薇，你在干什么？”我正陶醉地拉着裙摆，幻想自己是娃哈哈广告里的小美女时，妈妈不知何时推门进来，上前一把果断地把我从凳子上拽了下来。

“快把裙子脱下来，我说过了，这不是你的。”她厉声说。

“不。”我捂着发痛的胳膊说。

“我叫你脱你就脱！”她脸颊上的青肿还没消，眼睛里满是血丝，看上去像个疯子。这个疯子把我按倒在床上，开始强行扒我的裙子。我反抗，一脚踢到她的小肚子上，她痛得叫起来，可手上的劲儿却没有小。裙子终于被她扒了下来，连同我短暂的幸福和尊严，就这样被她粗暴地扔在一旁。简直就不让人活了，我气愤得趴在她扔回给我的又旧又脏的校服上嚎啕大哭，用衣服包住头歇斯底里地扯着嗓子尖叫，但是我的愤怒和痛苦一点也没有减少。

那两个人就是这时候闯进来的。“小贱货，哭丧哭得正好！”那女的长得真丑，嗓音也难听，像把坏掉的电锯，嘎吱嘎吱响，我的耳膜仿佛随时要破裂。而那个男的长得很高很壮，光头，紧身的黑衣，一脸的杀气腾腾。

“既然你不肯滚，就不要怪我不客气。”说话的还是那个女的，她话音未落，那个光头男人就冲上来了，他一句话没有，上前一步就掐住了我妈的脖子，像抖件衣服似的把她掼到墙上。一瞬间，我看到米黄色的旧墙被撞落纷纷的灰，她的头和墙面接触的地方，有一小块凹进去，灰色的水泥裸露出来。

“不要打人！”我尖叫着扑上去，想救我妈。但那个女的一把揪住我的小辫子，不让我上前，我的头皮像被千万根针同时扎过，又痛又麻；脸皮也绷紧了，像要被撕裂开来。

我拼命忍住眼泪，大喊一声：“啊！”她被我吓得手一松，我转身狠命地搡了她一下，拼命往屋外跑，我豁出去了，只有一个念头，就是我要去叫人来救我妈，不然，我妈肯定死定了。

“救命啊救命啊救命啊！”等我狂奔到街上，拼命大叫了好几声后，我才发现自己只穿了内衣！天啦！大庭广众之下，天色未晚，我居然只穿着内衣站在大街上！想明白这一点后，内心的羞耻和恐惧铺天盖地而来，令我摇摇欲坠，嗓子再也发不出任何声音。就在这时，只见一辆车疾驰过来，在我面前停住，池振宸跳下车，他拦腰抱起我，拉开后车门，把我往里一塞，命令我：“在里面呆着不许出来！”

我听到“咔嗒”落锁的声音。车应该是被他从外面锁上了。车子里稍许暖和，我浑身颤抖地抱住自己，最后整个人都缩成了一团，但那个狭小仄逼的空间，依然没法让我感到心安。

“杀人啦，放火啦！”不知道过了多久，我听到外面好像有很吵的声音，我稍抬起头，透过车窗，就看到了我家方向那片天空变成了奇怪的红色，无数街坊邻居拎着水桶端着脸盆面色紧张摇摇晃晃地冲往同一个方向。

那是贫穷落后的堂子街，留给我童年记忆的最后一个镜头。

之后的很多年，我都会在滚烫的恶梦中醒来，在那个梦里，我又回到堂子街，回到我衣不蔽体一无所有的童年时代，我用尽全身力气，喊不出那一声“救命”，眼前唯有熊熊燃烧的大火，倾刻间就将我无情地吞噬，淹没。

2

那把火，其实是我妈放的。

那天冲进我家的两个人，女的是池振宸的丈母娘，男的是他丈母娘花两百块从大街上雇来的一神经病，他差点要了我妈的命。

见我冲出家门以后，我妈挣脱那个男人，打翻了放在床底下的煤油壶。堂子街常常停电，煤油是家家户户必备的东西。那天我妈真是不想活了，要跟他们同归于尽。池振宸赶到的时候，火已经烧了起来，他只来得及救一个人，于是他救了我妈妈。那个男的自己从窗户跳出去，滚在泥地里，也没事。最惨的是池振宸的丈母娘，全身百分之四十的面积重度烧伤，听说在医院里躺了足足一年有余。

我想在很长时间以后，那场火都会是堂子街妇女们的谈资。还有我的同学们，在玩官兵捉强盗之余，或许还会轻蔑地吐出那一句：“阙薇啊，她妈妈是二奶！”

所幸的是，不管他们说什么，我都不用再听了，因为我们彻底地离开了堂子街，离开了那些随时随地都有可能将我们母女置于死地的流言飞语。

这一回，池振宸把我们带到了省城，安置在某个不错的小区，十二楼。房子不算很大，两居室，但是宽敞明亮。我终于有了自己的小房间、自己的小床、宽大的写字台以及可以看到点点星光的阳台，很是满足。

我不知道池振宸最终是如何搞定他的老婆和他终身残疾却依旧凶悍无比的丈母娘的，不过这跟我都没什么关系，我也懒得去关心。

我和我妈，从此有了我们的新生活，不用再东躲西藏，担惊受怕，还有什么比这个更重要?

我进了全省一流的重点小学读书，我妈学会了开车。池振宸给她买了一辆小小的跑车，除了每天送我上学放学，她没什么特别的事要做。也许是无聊，生活稳定下来后，她开始报名去上什么服装设计班、太太厨艺班、茶艺插花班等，用以打发时间。其他的事她并不见得有多擅长，但是做衣服她还真有两下子，只要我穿着她亲手做的衣服走在校园里，回头率总是很高的，就连老师都喜欢拉住我问："这衣服从哪里买的呢？真是好看。"

我总是摇摇头说不知道。

是她教我这么说的，就连池振宸也不知道她喜欢做衣服。不知道是不是怕他会不高兴，反正每次他来，她都会把那些针线布头什么的仔细收拾干净，再用布把缝纫机好好盖起来，好像从来都不曾使用过一般。

池振宸并不是天天来我家，差不多半个月一次的样子，名义上是出差，来了也只是住几天而已。他并不怎么管我，只是偶尔象征性地过问过问我的学习。作为一个特殊家庭长大的孩子，我妈总是培养我自己的事情自己做，尽量不要给别人添麻烦。而我很小便懂得，只要他在，我最好是躲在自己的房间里不要出来。如果他们叫我吃饭，我也会用最快的速度把饭吃完，然后继续躲回房间里。

我成绩也还可以，虽然基础差了些，但还算跟得上。

唯一让我妈担心的，是我总是吃得很少。五年级那年的春天，不知道为什么就染上了百日咳，我快被咳嗽折磨死了，早上咳晚上咳，每天回家都猛灌糖蒜水，可是毫无起色，喉咙又干又涩，难受得要死。常常在上着课的时候，我就咳得惊天动地，全班同学都同情地看着我，老师也没有办法再继续把课讲下去。

“阙薇，叫你爸把你接回去，到医院好好看看病。”老师把我领到办公室，给他打完电话后回教室上课去了。

学校是他替我安排的，家长联系簿上留的是他的电话。我总觉得他不会来接我，我跟他其实什么关系都没有，不是吗?更何况，他有可能根本就不在省城，可是我不敢跟老师讲换个电话打给我妈妈，因为我怕她会问更多我不愿意回答的问题，比如，为什么爸爸不能来接，爸爸很忙吗，爸爸是做什么的?等等等等。

没办法，我从小就思虑过多。

记得五岁那年，我的掌纹就震慑了家门口一个号称半仙的老人，他说从没见过像我这么复杂的掌纹，我这一辈子注定会过得跌宕起伏。

我妈特别担心地问他该怎么办，他只是摇摇头，不肯泄露天机。但我跟我妈想法不同，跌宕起伏？总好过平平淡淡吧，我愿意当它是褒奖。

那天来接我的还是我妈。她穿得特低调，就一条白色的棉裙外加一双普通的球鞋，可我觉得整个办公室的老师看着我妈的眼神都快直了。其中有一个还趁我妈跟班主任说话的时候，把我拉到一旁悄悄问我说："你妈是明星吗？我怎么觉得那么眼熟？"

我本来应该很肯定地答"不是的"，但不知道为什么，答案到了我嘴边却变得如此模棱两可，我说："也算不上吧。"

之所以不愿意否定，是因为我喜欢他们眼神里那种鲜活的仰慕，简直就要令人热血沸腾！活着老被人瞧不起，有什么意义！

池振宸知道我生病的事，一来省城就带我去看了专家门诊，是中医。那个医生说，我其实没什么问题，就是从小营养不良，体质太虚弱所致，需要加强锻炼。

那天晚上我在房间里做作业，我妈把我叫出去，池振宸也在，他手里拿着一个玉坠，我一看便知不同寻常，整个坠的形状似一条鱼，但中间却嵌着一个憨态可掬的弥勒佛头像，看上去晶莹剔透妙不可言。

池振宸把它递给我说："挂着它，可以保佑你平安。"

我不敢伸手去接。最后还是我妈接过玉坠，拉我到她身边，把它挂到我脖子上，吩咐我说："可千万不能弄丢了，快谢谢池伯伯。"

"是不是该叫爸爸了？"池振宸说，"还怕我负不起责任吗？”

如此大事，我哪敢造次，只能转头看我妈的反应。她却只是装作替我调整挂坠，笑而不语。

第二天，池振宸给我请了个教练，教我打太极。他对我说他儿子也是从小体质不好，坚持打太极后就好了许多。那是他们第一次毫不避讳地在我面前提起他的儿子。我知道了他叫池轩，比我大三岁左右，很聪明，小学连跳两级，又因为生病，休学了两年，明年就要到省城来念高中。

我妈赞叹说："我真没见过比池轩更聪明的孩子！好像没有什么他学不会的。"

"聪明不抵用。做事总要踏踏实实。"池振宸一面说一面摇头，从语气上听来，这儿子带给他万千烦恼。

因为练太极，我被要求早睡，每天早上六点起床，跟着教练打完一整套拳，吃完早饭再去上学。怕我坚持不下去，我妈也陪着我练。因为曾经当过池轩的陪练，我妈比我基础好，教练不在的时候，就换成她教我。池振宸总是开玩笑，说她去参加个什么全国比赛啥的，没准都能拿到冠军。我讨厌所有的体育锻炼，但奇怪的是，我对练太极并不抗拒。仿佛在暮鼓晨钟的吐纳之间，我可以发现一个新的自己——那个自己一直是被藏在最深处的、我喜欢的可以引以为傲的自己，她不脆弱，不胆小，她行走自如，步伐稳当，底气绵绵不绝，无畏这个世上所有的灾难和风雨。

不知道是不是练太极真的起了作用，夏天到来的时候，我的咳嗽差不多已经完全好了，而我的个头也一下子窜出去好高，旧衣服一下子全都穿不上了，我妈只能不停地给我做新衣服。一块式样普通的布在她的手里，她总有很多出其不意的灵感，赋于它新的生命。而我，就是她最好的模特儿。相对我的花枝招展，她自己实在是太朴素了。池振宸去香港美国什么的，给她带回的新衣服，她总是挂在橱里，如果他不来，她几乎是不愿意去动它们的。那时候的我，还完全不懂什么是爱情，但我知道，池振宸是爱她的，因为他看她的眼光，总是充满了宠溺，如鸟儿贪恋枝头，久久不愿离开。

我小学五年级的暑假，池振宸计划着带我和我妈去海南旅行一趟。这趟旅行，从一开始就让我妈觉得很纠结。因为按照惯例，每年暑假，池振宸都会花很多时间陪他儿子和老婆到处游玩。那些日子，因为不方便，他电话也很少打给我妈，而我妈，也只能拼命地做衣服来打发她内心的郁闷，掩饰她的在乎。所以这一次，我妈觉得他的这次安排好像是一种补偿，而这种补偿并不是她真正想要的，犹豫再三后，她对他提出了拒绝。

“还是等小薇六年级吧，那个暑假升初中，不用补课什么的，也有的是时间。”这是她的理由，她在饭桌上小心地提出来。

“你有时间就行。”估计是当着我的面也不好发作，池振宸只说了这一句，就继续闷声吃饭。

聪明如我，当然明白他的话中之意。是的，我从不介意我自己的多余，是因为我知道自己总有一天会离开他们身边，过我自己的生活。

到那一天，他们未必不会羡慕我。

吃完饭，妈妈去厨房收拾，我走到正坐在沙发上抽烟的池振宸身边，很小声地对他说："我妈妈其实是很想跟你去的，她真的是担心我的学习。不过我想过了，这一次我不用去的，我还小，以后有的是机会。"

池振宸伸出手，摸了摸我的头发。

记忆里，那是他第一次也是唯一一次对我做出亲昵的动作。

最终，在我"大度"的坚持和促进下，池振宸单独带我妈妈去了海南，请了钟点工在家照顾我的生活。临走前一天，池振宸带我们去吃日本料理，经过商场时，我看中了一双鞋，红色的公主鞋，四周镶着水钻，蝴蝶结是水晶的。就是有点贵，要七百多元。我都试穿过了，池振宸都打算付钱了，我妈却非说什么我脚长得快，那双鞋又有点儿跟儿，小女孩子穿着不适合，硬把我拖走了。

一顿饭，我都闷闷不乐，吃得甚少。趁着我妈去洗手间，池振宸从钱包里掏出一千块钱对我说："喜欢就自己去买，女孩子穿得漂漂亮亮的才好。"

"不用了。"我说，"省得讨她骂。"

"拿着吧。"他起身，把钱硬塞到我口袋里说，"我不说，你不说，谁知道。"

有时候觉得大人真是幼稚，买了鞋总不能不穿吧，穿在脚上她岂有看不见的道理。但钱都放在我口袋了，我也不会傻到再把它掏出来还回去，就算买不了鞋，买点任何别的东西，总能弥补一下我心灵上的小小伤口吧。

“谢谢爸爸。”我低头说。

他哈哈笑，夹了一个大虾放到我盘子里说：“来，放开吃，多吃点！”

不知道是不是我叫了他一声爸爸，反正那一晚，池振宸心情大好，他喝了好多清酒，指着我对我妈说：“我们要好好培养咱闺女，给她最好的生活，最好的教育！”

我妈扫兴地说：“吃得苦中苦，方为人上人，我就怕她日子过得太好了，不懂得珍惜！”

“你才不懂！”池振宸纠正她说，“女孩子，要富着养，将来才不会被穷小子一片面包就骗跑了！”

我妈看着他。

他说：“看着我干吗？我说的就是你！当初你要是肯等一等再出嫁，哪来这么多事！”

“你喝多了。”眼看他越说越离谱，我妈没敢再接下去，而是给他倒了一杯茶端到他面前，他竟然当着我的面一把抓住了我妈的手，眼神暧昧，凑得很近地问道：“夫人，你说是不是？”

说实话，当时我的心里有些异样。对年纪还小的我来说，大人之间的种种纠缠是我幼稚的大脑模糊知道却并不真的理解的东西。第一次直面他们在我面前肆无忌惮的表达感情，我是很有些害羞的。所有的童话故事里都说“王子和公主过着幸福的生活”，却从不提到他们是如何过的。当“爱情”这两个字第一次以细节的面目出现，我却忽然想到一个毫不相干的人：我的爸爸。不知当年他和我妈是不是也是这么热烈的“要好”？我的内心已经脸红了，但表面风平浪静。不懂掩饰情感的人是我妈。她面红耳赤地推开了他。

她窘迫的样子竟让我有些嫉妒。不管她吃过多少苦，现在总算有人肯疼她，怎么说都是她的福分。只是我，池振宸说得对，我才不会像我妈那么傻。人生若不想走那么多弯路，把握方向，小心翼翼，不要轻易说出心中所想，都是必备的素质。

回到家，我赶紧把那一千块藏到了我的枕头下面。琢磨着等他们两个人一出门，我就去把那双鞋买回来，就算被她发现，生米煮成熟饭，她又能奈我如何？谁知道人算不如天算，她竟然心血来潮，决定在旅行前替我换上干净的被套。所以，当我洗完澡出来，她已经坐在我的床边，捏着那一千块钱脸色铁青地看着我了。

“哪里来的？”怕池振宸听见，她压低了嗓音。

我用毛巾擦着湿嗒嗒的头发，委屈地说：“池伯伯给的，他让我不要讲。”

“没出息的东西！”她狠狠地瞪我一眼，拿着我的钱从我的房间里气呼呼地走出去了。

那天晚上，我睡不着，趴在阳台上看星星，从他们房间里传来我妈的哭声，我清楚地听见我妈在说：“我就怕小薇以后看不起我这个当妈的……”

她的声音渐渐弱了下去，我心里的痛却奏起了最强音。寄人篱下，靠人养活，不过是买双喜欢的鞋也变成奢望，如果这就是我们母女俩的命运，只有十二岁的我，又该如何去抗争命运?

但池振宸，他应该是心甘情愿的吧?

既然如此，我妈妈的倔强又是何苦呢?

夏夜的星空高远而寂寥，我闭上眼睛对自己说：“阙薇，如果这是一个命运的跳板，你不要怕，能跳多高就跳多高。跳不到新天新地，这些委屈痛苦就白白受了。”

第二天一早，他们就去了机场。临走前，我妈来到我房间，丢给我三百块的零花钱。他们出门总共六天，算起来，差不多一天五十块那么多。她出手从未如此大方，但一千块只换回三百块，她可别指望我会因此感激涕零。

“别乱花。”她说，“挣钱不容易。”

我点了点头。

“别生妈妈的气，等你长大了，就会明白我。”她说完，要过来拥抱我，我装作整理床铺，闪了开去。

她很有些尴尬地立在床边。我挤出点笑容对她说道：“你快去吧，玩得开心。”

“在家一定注意安全。”她忽然眼眶就红了。

我推她一把说：“走吧走吧，又不是生死离别，腻腻歪歪的真烦人！”

事实也是，我长这么大，这还是第一次与我妈分开。以前躲债流浪的日子，不管再辛苦，她从未抛下我留我独自一夜。一个人呆在空荡荡的家里，才发现其实她对我蛮重要，心里也慢慢原谅了她对我的苛刻。她每晚给我打电话，还给我发彩信，海边的她，戴着顶大大的宽边帽子，穿着她自己做的花裙，笑起来就像是一个孩子。隔着遥远的距离，透过手机小小的屏幕，我第一次惊觉她的美，也算是有些明白了池振宸的眼光。

不管怎样，她开心，也算是让我开心的一件事吧。

3

一天下午，我补习完英语回到家中，忽见家门口坐着一少年，穿了一套很洋气的阿迪达斯运动套装，黄色球鞋，一个绿色的包包放在靠近左脚的地方，正低着头专注地摆弄着什么。

见我拿钥匙开门，他站起来对我摆摆手，大大咧咧地对我说道：“你回来了。”

我看到他扬起的那只手掌中央，竟然是一坨丑陋的橡皮泥，脏砖头一样的颜色，结结实实地黏在他手上，要有多恶心就有多恶心。

“你是谁？”我忍着厌恶问。

他两手插进口袋里，反问：“你是谁？”

我打开门，准备把他关在外面。他却伸出一只脚，卡住门边，笑着对我说：“请客人进屋，是最基本的礼貌。难道池振宸不教你这些吗？”

其实我早该猜到了，果然是他——池轩，因为他说话时的语气以及微微扬起的眉头，跟他的父亲实在是太相像了。

在我稍显犹豫的时候，他已经拎着他古里古怪的包抢先一步进了屋，我只能希望他看到他父亲不在这里，会懂得识趣地离开。谁知道他竟然一屁股坐在沙发上，并且命令我说：“热死了，把空调开到十八度。”

他坐的那里，是池振宸的专属位。并且，他们的坐姿也是如此相像。他命令我时高高在上的语气，仿佛我是他的佣人，真让人不爽。但我忍着没发作，而是依他所言开了空调，调到十八度。渴得厉害，我从冰箱里给自己拿了一瓶冰可乐，想了想，给他也拿了一瓶。

他不接，而是瞟了一眼我放在沙发那边的太极服，不屑地对我说：“他果然有逼人学这个的嗜好。”

“你来找你爸爸吗？他不在这里。”我说。

“只要我想找，没有我找不到的地方。”他一面说，一面又拿出那坨该死的橡皮泥，两只手灵活地揉捏着，牛头不对马嘴地答我。

眼看没办法了，我只能掏出我的手机拨电话找救兵，谁知道电话还没拨通，“啪”的一下，手机从我手里掉了下来，不用说，是他用橡皮泥打掉的。

“不要打电话。”他说。

那坨橡皮泥就掉到我左手边的沙发上，我用左手捂着发麻的右手背，惊讶地发现，那么短的时间，他居然已经捏出了一个像模像样的可乐瓶！

“我会变魔法。你不听话，我能把你变没了。”他一面说，一面伸出他的两只胳膊，冒充武林高手，在空中刷刷刷耍了几招。

他当我什么，三岁小孩？我捡起我的手机对他说道：“我看你最好还是走吧，这里不是你来的地方。”

他油嘴滑舌："那我该去哪里，你提个建议？"

我警告他："再不出去，我叫保安。"

他挑衅："叫保安不算本事，有本事自己放马过来。"

我气急，抡起我的书包去砸他，他用胳膊轻松挡开，脚上再一使绊，我整个人没站稳，就摔了下去，正好压在他的大腿上。夏天，本来衣服就穿得少，我胸前的玉坠像秋千一样在空中来回晃动，他一把将它捏在掌心，轻笑着对我说："待遇不错嘛。"

我涨红了脸，拼命想站起来，他却不让，恶作剧般地用手臂将我箍得牢牢的。紧接着，他放开玉坠，卡住了我的脖子。他那刚捏过橡皮泥的肮脏的掌心在我的脖子上游移，仿佛是在寻找一个脆弱之处，随时可以将它捏断。

我承认，我开始有一点点恐惧了。我担心他是神经病，因为如果真是这样的话，那么他是无法控制他自己的言行的，并且，就算他失手杀了我，也不会因此负任何责任！

就在我大脑激战思考对策之际，他却突然放开我说："谈笔交易，如何？"

我喘着气站直了。就见他拉开那个龟壳一般绿油油的包包，从中抽出一沓粉红色的人民币，扔在茶几上，对我说："收留我二十四小时，最晚明日此时我一定准时离开。谁也别讲，这笔钱归你。"

我吃惊地看着他的动作，以我当时的年龄还不能判断到底是多少钱。但我从来从来没有一下子见过这么多钱，吓得脑袋大了一倍。

他是去抢银行了吗？还是直接偷池振宸的？

见我呆在那里，他手一伸，捞到那块橡皮泥，又专注地捏起来。好像真的只是短短几秒，他居然捏出了一双鞋，而那双鞋的形状，明明就是我在商场看中的那一双！包括鞋上面栩栩如生的蝴蝶结！

他把那双“鞋”立在我家茶几上，笑着对我说道：“人要学会靠自己，才能得到自己真正想要的一切！阙薇小朋友，你说是不是？”

就在此时，窗外忽然雷声滚滚，下起了很大的雨。这场雨来得特别突然，仿佛是为了多给我一个不赶他走的理由。这个人，他知道我的名字，知道我想要什么，他好像知道我很多很多的事情，可是，我却对他一无所知，包括他怀揣巨款今天来我家的真正目的。如果我不搞明白点什么，是不是太不公平了？

他可没空管我这些心思，站起身问我：“电脑在哪里？”

我指了一下我妈的房间。

我家唯一的一台电脑，放在我妈房间。我妈总觉得小孩子上网太多不好，所以平时多半不让我碰。只要她出门，那个房间多半也会锁起来。池轩走过去推了推门，回头问我：“钥匙呢？”

我摇摇头。

“饿了。”他转身坐回沙发上说，“弄点吃的来。”

“吃完你走吗？”我问他。

他不说话，只是翘着二郎腿，用遥控器打开了电视，再用遥控器指了指茶几上的那些钱，暗示我识相。

我把家里唯一的一碗方便面泡好，端到了他的面前。谁知道，他只是随便地瞄了一眼，很干脆地对我说道："垃圾食品，不要。"

"那炒饭你吃吗？"我打算好人做到底。

"吃。"他毫不含糊地答。

我会炒饭，很小的时候就学会的。我到厨房，胡乱切了一个西红柿，打了鸡蛋，剁碎了榨菜，当锅里的油噼里啪啦响起时，将所有配料一股脑儿倒下去翻炒，再加冷饭，炒到一滴油不见，才算是大功告成了。

我端着炒饭走到客厅的时候却发现，他人不见了，他走了！被他称之为"垃圾食品"的方便面，此时此刻只剩下了一个空碗，连汤都喝得一干二净。

他到底是有多饿才至于此？！

不过，我悲喜交加的心情只维持了短短的几秒钟，因为我很快就发现，我妈房间的门开着——

我冲到门边，发现他真的在里面，并且早已经开了电脑在玩游戏，很血腥的动作游戏，像他本人一样变态。

等等！他是怎么进去的？！

我端着炒饭站在门口，冷冷地盯着他的背影看了又看，然后我的眼神落在了他身后的包上，猜想着里面是不是有更多的钱呢。

他好像背后长眼睛似的，忽然站起来，转过身，对我说："喂，把饭给我端过来。"

“钟点工要来了，你吃完快走吧。”我对他说。

他走过来面对我，低下头，摊开手掌，手中那块脏兮兮的橡皮泥已经不是一坨的形状，而是一把钥匙，连卡缝都栩栩如生。

他把它放在我的手上，说：“这个可以打开任何房间的门。你可以去试试！”

说完，他接过我手中的炒饭，回到电脑旁，戴着耳机继续旁若无人地玩游戏，头也不回地吩咐我说：“把门给我带上，谢谢。”

我带上了门，那把还带着他体温的小钥匙停留在我手上，像个我解不开的谜。

钟点工来的时候，他就一直躲在里面玩游戏没出来。好在我妈的房间一直都锁着，所以钟点工也没起什么疑心。但我总是害怕她发现什么端倪，说话结结巴巴。直到晚上八点钟点工离开我家，眼见门关上，我拍拍胸脯才算松了一口气。转过身却看见池轩站在我身后，他总是这样神不知鬼不觉，我胆再大也尖叫出声。他手里端着空碗，丝毫不对吓到我表示抱歉，反而一脸无辜地对我说：“饭太咸了，有水喝吗？”

“谁家没水喝？”我气得呛他。他笑嘻嘻地把油腻的饭碗扣在我头上，在我反应过来之后碗从我的头发上滑落，掉在地上摔成了两半。

我只好去拿来扫帚，把它扫了。

在我扫的时候，他一直盯着电视机，慢慢喝着自己从饮水机接的水，一眼都没看我。

我发现，我其实没那么讨厌他。

至少如果此刻他不在，我就是孤单地对着电视一直到倦意袭来。尽管大人们不是刻意，但今晚，我们终究是被他们遗弃的孩子。

想到这里，其实我很想和他说点什么，但却不知道能说啥。我不想刻意地制造话题让他觉得我怕他，或者在讨好他。但我又觉得如果什么都不说，那我就永远都不会知道他到底在想些什么，这只会让我更加的被动。

最终，我只是伸出手，指了指冰箱的方向。

他跑过去，在那里埋头找了半天，拿出来两瓶啤酒。我拦住他说："这是你爸爸喝的，他会发现。"

他用啤酒瓶对着我嚷："有没有脑子，你拿了那么多钱，补个货不会吗？"

家里的电话就在这时候响起来。他一只手拎着一瓶一屁股坐在沙发上，也不说话，明摆着是监视我。

电话接起来，我妈一开口就问我在家怎么样、一个人怕不怕，我叹息一声对我妈说："有件不太好的事要告诉你哦……"

说这话的时候，我忍不住朝他看过去。他的表情看上去还是有些紧张的，这让我觉得特别特别的过瘾。

为了捉弄他，我继续跟我妈卖关子："你要是听了，可千万不要担心。"

"什么事呢？"我妈在电话那边追问我，"你倒是快说，别吓妈。"

我停了好几秒，这才说道："家里有老鼠哦。"

"怎么会！"我妈叫起来，"你是不是乱扔什么零食了？"

"哪有。"怕戏太长会演砸，我赶紧说，"你回来再说吧，我要看电视了，没空理你。"

"电视少看，注意眼睛……"她话没说完，我已经挂了电话。

池轩把两瓶啤酒盖子都咬开了，递一瓶给我说："为你的聪明才智，咱们干一杯！"

我戒备地看着他。

"看你懂事，好心提醒你，你要小心你脖子上的东西，那是我曾祖母留下来的，上面沾满了恶毒的诅咒。它确实价值连城，但别以为值钱的都是好东西，搞不好会害死你。所以，早扔早好！"

扔？！

他既然无所不知，一定明白这个玉坠是他爸爸买来送我的。可他偏偏这么讲，是故意气我的吧！他眼神里的讥讽彻底点燃了我，他把我当什么呢？骗他万贯家财的人吗？就算他想给，我还不一定想要呢。我一生气，把他刚才给我的那些钱从口袋里一把掏出来，狠狠地扔在他的身上，冲他喊道："最好拿着你的臭钱，马上滚出我的家！"

"你很生气，要淡定。"他说完这句，拎着两瓶酒继续晃进了我妈的房间，整个晚上都没有再出来过。

临睡前我推开我妈房间的门去看了他一眼，发现他把我妈床上的被子裹在身上，在冰冷的冷气下，玩得正high。

我回到房间，细心地锁上门，把他给我的钱掏出来数了数，一共两千二百元。我始终弄不明白的是，这些钱，他足够住宾馆了，而且是很高级的宾馆，为什么要躲到我家来受罪，还是他另有什么目的？这些钱我该如何处理，还给他？藏起来？花掉？交给我妈？想着这些令人烦恼的问题，我辗转了大半夜才终于睡着。

那晚，我居然梦到了他，那个梦的背景，是金黄色的麦浪。他站在麦田里，抱了一只白色的猫，那猫的毛纯白纯白的，眼睛像琉璃。最重要的是，那只猫居然长了翅膀，竖着耳朵，警觉地躺在他怀里，像只软乎乎的大鸟。

他冲我咧了下嘴巴，不知道算不算是微笑，然后他把带翅膀的白猫放在麦田里，转身独自走掉。

他走掉的时候我醒了，醒来的时候，我就看到了他。他就站在我的床边，正弯腰看着我，我确信他真的有把万能钥匙，搞不好他就是传说中的江洋大盗！我吓得一身冷汗，立马从床上坐了起来，扭亮了台灯。

“你别怕，我要走了。”他说，“来道个别。”

“你去哪儿？”我一定是没睡醒，才会问出这么无厘头的问题。

他笑了一下说：“我给你留了礼物，不过我忘了放在哪里了，你找老鼠的时候，可以顺便找一找。”

“是什么？”

“你问题真多。”他伸出手，轻轻触碰了一下我的额头，柔声对我说道：“你记住，你知道的事情越少，你的痛苦就越少。”

他的声音真的温柔极了，好听极了，与白日里那个不讲道理的他，简直判若两人。

我疑心自己是不是还在那个梦里没有醒来，所以趁他不注意，我偷偷地捏了一下自己的胳膊。

可是，真疼。

“再见。”他说完，朝我挥了挥手，走出了我的房间。没过一会儿，我听到了外面的关门声。等我如梦初醒般从床上跳下来，跑到客厅，发现他真的已经走了。

墙上的钟指向清晨五点半。

不是说二十四小时吗？怎么提前这么多？

我冲到阳台上，正好看到他走出楼道孤单的背影。他两只手插在口袋里，低着头，走得迅速，很快就消失不见。

我回到屋里，跌坐在沙发上，忽然看到了他留在我家茶几上的一张纸条，纸条上面写着这样一行字：“啤酒是无醇的，记得不要买错。小雀斑，谢谢你。”

压在纸条上面的，是他用橡皮泥捏出的一只猫。

是的，一只猫。

我发现我全身都起了鸡皮疙瘩，拿着猫的手在不停地颤抖。

好不容易冷静下来，我把那只猫翻来覆去地端详了好久，思考着这算不算他所说的留给我的所谓“礼物”，它是那样栩栩如生活灵活现，只比我梦中那只少了双翅膀。难道在我醒来之时，他已经成功地穿越了我的梦境，知晓了我的一切吗？

我有种感觉，他这一走，我的生命中，恐怕就再也遇不到他这样的人。硬生生闯入的他带来了一种神秘的力量，让我第一次有了想要探寻很多我不了解的事情的愿望。

后来，我一直很想再见到他，问他很多的问题。我多么希望他会回来敲门，站在门口对我说道："小雀斑，饿了，来点吃的。"

只可惜，门铃一直都没有再响起。

4

池轩走后的第二天下午，我妈回家了。

她带回来一大包的礼物，各种贝壳、项链、热带水果，很开心地与我分享。

“大海很美。”她说，“一定带你去看一次。”我发现她变黑了变瘦了，不知道是不是爱情的滋润，她看上去更年轻漂亮了，还动不动就哼两句小曲，搞得很八零后。她替我剥开一个芒果，忽然问起老鼠的事，我支支吾吾地说：“可能是眼花了。”

她一把把切好的芒果塞进我嘴里：“这么大了还冒冒失失，害我担心了半天。”

我心想，要是她知道某只“大老鼠”来过，恐怕就不只是“担心”这么简单了。不过，我压根没打算讲，我妈的被子被我重新铺过了，地板也被我细心地擦过，冰箱里少掉的东西，我已经按他所说“补货完毕”，相信没有人看得出任何端倪。至于他给我的钱，吸取上次的教训，我没再塞到枕头下面，而是塞到了我一双冬天穿的鞋的鞋垫下面。鞋再放进鞋盒，塞进床底下，确保万无一失。

只是一个人的时候，我老是想起那个梦，说起来那只是一个胡乱的梦罢了，不知道是不是梦里的色彩太过斑斓，我常常不由自主地反复回想，并很无厘头地去揣摩他把那只猫留在麦田里的真正原因。

可不幸的是，虽然那时我尚年少，却早就已经明白一个道理，这世间有很多的事，不过就是一个梦罢了，风吹麦浪，雁渡寒潭，不可说，便不说。

那些钱也终于被我不露痕迹地慢慢地花掉，请同学吃饭，送别人生日礼物，买点自己喜欢的小东西。只剩下最后一百块的时候，我没舍得再花，而是把它夹在了我最喜爱的一个本子里，连同他送我的那只猫，那张纸条，那把早已经变得僵硬的小钥匙，一起藏在抽屉的最深处。

怎么说呢，算是纪念吧，只有这些，才能不时提醒我这样一个神秘人物曾经真的出现过并留下痕迹。

就这样又过了一年，我该上初中了，学校离现在的家比较远，为了不让我住校，池振宸已经在物色新的房子给我们居住。我见过那个房子的宣传册，好大的一幢别墅，还有一个特别大的花园。我对新家充满了向往，可是我妈的态度却与我截然相反。那天我去楼下小超市买本子，刚回家就听见他俩在争吵。

我妈说："你根本不知道我要的是什么！"

池振宸说："你告诉我你要的到底是什么不就完了！"

"我要的你永远都给不了我！"我妈喊完这一句就看到了我，她闭了嘴，拿起沙发上的一件衣服，装模作样地叠起来。

"不管怎么样，这件事没得商量！"池振宸说完，起身离开了我家。我妈并没像往常一样送他到门口，而是坐沙发上盘着腿继续叠她的衣服。

“为什么不买房子？”池振宸走后，我问她。

“我没钱。”她说。

“池伯伯有钱。”我说，“我想要新房子。”

“这世界上有很多好东西，你想要就能要的吗？！”她猛地站起身，把那些叠好的衣服重新扯散了，一件一件扔回到沙发上，气呼呼地对我说：“阙薇你给我听好了，大人的事你少管！”

“我长高了，需要更大的床，需要更大的书柜，我还要电脑、电脑桌，上初中后很多作业都要用电脑完成，你懂不懂？”

“至少有一点我懂，”她看着我，昂首挺胸地说，“人要靠自己！”

她说这话的时候，我忽然就想起了去年夏天，某个闯入我家的少年，笑着对我说过差不多同样的话。

可是，靠自己？那什么才算是真正意义上的“靠自己”呢？

那天晚上，我都睡了，我妈忽然敲门进来，坐在我床边对我说：“小薇，妈妈想跟你聊一聊。”

她很少这么正式地跟我说话，我知道一定有什么事情要发生，迷迷糊糊地坐了起来。

“你想不想去别的地方？”妈妈略有些神秘地问我，“一个谁也不认识我们的地方，就我们两个人。”

“为什么呢？”我揉了揉眼睛，不明白她的意思。

“我是说，我们离开这里，妈妈带你去一个新的地方，我们重新开始。我向你保证，我们不会再缺吃少喝，我想，我们会过得很好，肯定比现在好！”

她一面说着这些话，一面用力地点着头，好像是为了向我保证她所说的话真实可信。

“可是我读书的事怎么办呢？”我问。这竟然是我第一件想到的事，但我自知自己成绩不算最好，池振宸把我弄进目前这所重点中学，其实也花了不少的钱和精力。

妈妈说：“小薇，我想你已经长大了，你应该知道，妈妈不能这样过一辈子的。如果这次不走，我怕是没有机会了。至于其他的事，你都交给我来安排。”

她说完，用力握住了我的手。不知道是不是紧张的缘故，她的手冰凉冰凉的。回想起来，那时候的我真愚蠢，一点没看出来她那副柔弱的外表下根本就藏着一个强大而可怕的灵魂，谁也牵制不住！

“那什么时候走？”我问她。

“明天。”她说。

明天！

“池伯伯知道吗？”我问。

她竖起一根手指头，放到唇边。然后，她笑了。很多年以后，我都在琢磨那个微笑的意义，到底是因为要离开而得到解脱，还是因为要离开而强作欢颜？

说完这些，她站起来，走出我的小屋，转身拎进来一个小红箱子，对我说道："收拾一下你的东西，放满就好了，我们不能带太多的行李。你需要什么，我再给你买就是。"

我环顾四周，我一屋子的东西，我的衣服，我的玩具，我的书本，怎么可能一个小箱子能装得下，亏她想得出！

她出去了，留下那个小红箱子在角落里。躺在小床上盯着它看了一会儿，我冷不丁打了个寒颤直坐起来。

我禁不住想，我妈是不是疯了？她到底要干什么？

真无法想象，当池振宸再来这里，看到一夜之间竟人去楼空，会是什么感觉。我忽然觉得他好可怜，这些年，他为我们付出了这么多，可是我的妈妈，却只是想着如何不打招呼地逃离他身边。

还有那个池轩，听说他就要来省城读高中了，别墅里有个房间，是留给他周末来住的。我其实还有很多的问题想问他，但我会不会这一辈子都见不着他了？

那一瞬间，我有个冲动——起床给池振宸打个电话，通知他。我知道只要他肯挽留，我妈是不会走的，再说，我真的很害怕那种四处漂泊的生活，怕极了，如果再让我回到堂子街那种地方，我怕是一天都活不下去。

过了一会儿，我妈又推门来催我收拾。我看着满屋子的东西，全都想带走。踌躇半天，最终还是胡乱捡了些东西放到箱子里。我看了看抽屉里我珍藏已久的早已经变色的礼物，终于决定不带上它们。如果这是一个向过去告别的时刻，或许就该让它们留在这个他曾短暂停留过的地方，与我的记忆一起，永永远远地留在这里。

再见了，神秘人。

把门关好，我掏出手机想给池振宸发个信息，但是，我很快发现，我竟然不知道他的电话号码。因为这几年，我从来就没有给他打过一个电话或者是发过一个短信。我在他的生活里，除了偷偷摸摸叫过他几声“爸爸”，根本就是一个路人，一个不起眼的小角色。如今，想要临阵倒戈通风报信也显得分外尴尬。夜深了，怀着绝望的心情，我蹑手蹑脚地爬起来，想看看我妈有没有睡着，如果睡着了，我准备去偷看她的手机，找到我想要的号码，就算要走，无论如何也应该打个招呼的，不是吗?

没想到我妈房间的灯还开着，我听到她在里面哭泣。一刹那我有种错觉，我以为池振宸在，但很快我就发现不是的，我妈是一个人在哭，她哭得好伤心，仿佛肝肠寸断。透过门缝，我发现她在写信，侧对着我的身影微微颤抖着，看着都让人觉得心痛。我在门口站着等了一会儿，看着她不时停下来掩面痛哭。如果我没猜错的话，那封信她一定是要写到天亮了。

第二天一早，吃过早饭，她又把家里收拾了一遍。最后，她把那封给池振宸的信留在客厅的茶几上，接着对我说：“咱们走吧。”

“去哪里?”我问她。

“沈阳。”她说，“快点，误车就麻烦了。”

“肚子好痛！”我捂住肚子说，“我想上厕所。”

“快去，给你五分钟！”她看上去很生气。

我在厕所里磨了快十分钟，她在外面敲门，催了我三次。这十分钟没有改变我的命运，池振宸没有出现，没有如我所愿地堵在门口说："你们哪里也不许去！"

临走前，我只好使出最后一招，掏出早就藏在口袋里的铅笔，在马桶上方的墙上用力地划下了两个粗粗的字："沈阳"。

我很希望，池振宸，或者别的什么人，能够看得见。

很多年以后，我看了一部电影，叫《肖申克的救赎》，我意外地发现，我妈真的和里面那个男主角挺像。那个男的是用了很多年的时间来越狱。而我妈或许从跟了池振宸的第一天起，就开始计划着如何离开他。这个计划不知道在她脑子里反复了多少遍，才让她可以完成得如此完美，天衣无缝。

她不仅骗了他，还骗了我，我们根本没有去沈阳。在那列灰色的开得迟缓得不能再迟缓的列车上，我睡睡醒醒。最后在一个莫名其妙的小站台，我被她匆匆地拉下了车。

"沈阳到了吗？"我问。

"不去了，在这里转汽车。"她拖着大包行李和我的小箱子，一个人昂首走在我前面。我闻着站台散发的恶臭气味，目送那辆老旧的灰色列车哼哧哼哧地离开，仿佛是拖着我童年最后的一点儿幸福时光，慢慢慢慢离开了我的视线。

几经周折，她终于把我带到了一个南方小城。我们带的东西很少，几乎是重新开始，而她早就看好了这里的房价，找到了房屋中介，迅速地买了一小套房子。房子的面积正好能解决我俩的户口问题，于是我在开学的前一天也顺利地进入了当地一所不错的中学，拥有正规的学籍。而她自己，则在小区门口开了一家小店，专门卖她自己做的衣服。衣服都是手工做的，只此一件，一口价，爱买不买，生意居然不错，足以维持我俩的日常开销。

店名是我起的，她很中意。那个小小的招牌，挂在很不显眼的地方，不认真你根本看不见，上面刻着两个小小的字：雀斑。

5

我该怎么来讲我的初中三年?

故事好像很多，但其实都很无聊。

我始终不知道我妈为什么会选择来这个小城落脚，这里的阳光好像从没热烈过，雨总是说下就下，很长的一段时间，我都无法适应它的潮湿和阴冷。我常常想念北方，肆虐的风沙，灼热的阳光，林立的高楼以及小区门口新疆烤肉串的浓烈香味，那才应该是真正的城市吧，大气，包容，自由，让你相信一切皆有可能。

但因为她回不去，我就可能一辈子都回不去了。我并不是怨恨她，我只是想不明白，她要的到底是什么，就算不是池振宸，愿意养她的男人也不计其数，她为什么却宁愿选择现在这样的生活? 就算远离了贫穷，孤独也是逃不掉的宿命。

她真的安心于此吗?

我没问过。不知道是不是性格使然，我们母女俩很少谈心，尽管相依为命，我好像也无从去了解她，哪怕她嘴角上扬，也总觉她有满腹的心事。只有一点我从不怀疑，她在怀念某人，那是一定的。

长久以来，每晚服三粒药丸，一粒白两粒棕，是她睡前必须的功课。

我问过她是什么，她答我：维生素。

趁她不在的时候，我研究过她的药瓶，全是英文，有一个词看不懂，到网上查了，明白是“褪黑素”，有助于睡眠。只要不是什么病痛，我便放下心来。但她睡眠不好是肯定的，初三复习最紧张的时候，一般是我比她晚睡，但纵是我再轻手轻脚，上床的时候，她也总是会醒来，披件薄衣，靠在床边问我：“饿不饿？”

正长身体的我总是饿的，明知她辛苦，也只能厚着脸皮点头。她便利落地转身，去厨房给我去做蛋炒饭。饭炒得很香，加了绿色的葱花，一粒一粒，松软可口。我狼吞虎咽地吃下，倒头就睡。醒来的时候睁开眼，她多半是在阳台上打太极，一招一式，甚是优美。若时间够，我总是陪她打完一整套，她常常会半路停下来，微笑着看我打完，不说一句话。

这样的生活，与我理想中的模式相去甚远。我只想赶快长大，去拥有属于自己的人生。那种迫不及待像沸腾的火山暗流，不时在我心里汩汩滚动，催促我快快启程。

拿到天中高中录取通知书的那一天，她让我到维维安家去送礼。我中考的分数差了两分，多亏维维安的爸爸帮忙，我才得到珍贵的扩招名额。我打开袋子一看，礼物是两条中华香烟和两瓶五粮液。

我问她：“人家不收怎么办？”

她笑着说：“又不是什么值钱的东西，应该会收的。”她穿一件自己做的素雅的洋装，脸上是恬淡的笑容。我心里忽然恶毒地想，她难道不知道最好的谢礼是什么吗？如今什么时代了，还有人送这么老土的礼物？

“要不你去吧。”怕被人嘲笑，我临时打了退堂鼓。有点不情愿地窝在沙发上，假装认真看电视。

她走到我面前，拿眼睛瞪我，不说话。我知趣地拎了袋子出门。其实我内心是愧疚的，如果不是我这么不争气，硬生生差了这两分，如她这般骄傲，绝不肯放下身段去求人，更何况是去求一个对她有非分之想的男人呢。

维维安跟我同校同级，但不同班，她是我们学校有名的“文艺女青年”，整天抱本书在校园里踽踽独行那种。我们都知道彼此，但从没有说过话，更谈不上是朋友。

是的，她爸爸之所以肯这么下大力气帮我，是因为他一直在追求我妈。

维维安的爸爸是个生意人，年纪跟我妈差不多，不算很有钱，但在我们这里还算有点势力，各单位头头脑脑都认识。他很欣赏我妈设计的服装，多次想跟我妈合作办厂，把她的服装做成品牌，但都被我妈拒绝了。

我妈心里只有池振宸。

尽管当年她义无返顾地从他身边逃离，但她是爱他的，并且只爱他。这一点我确信无疑。那些别的男人，就算对我妈再好，在我妈生命里，也只能是朵朵浮云。

按我妈给我的地址，我敲开了维维安家的大门。她家住在我们这里较好的小区，电梯公寓的顶楼。门卫盘问了我半天才让我上楼，好像我是小偷，弄得我很不爽。按了门铃，来开门的正是维维安，短发，睡裙，用身子挡住半开的门，一脸戒备地问我："有什么事吗？"

我把手里沉重的袋子递上说："你爸的。"

她并不伸手来接，只是伸过头来瞄了一眼，淡淡地说："他不在家。"

"那麻烦你转交。"我弯腰，把袋子放到她家门口。正准备离开，她却突然伸出手抓住我一只胳膊，用温柔却也严肃的语气对我说道："我可以求你一件事吗？"

她居然用"求"这个字，着实吓了我一跳。但她接下来说出口的话却是我无论如何也想不到的，她说："能不能请你妈妈以后不要再缠着我爸爸了？"

什么？！我真怀疑她是不是书看得太多所以把脑子看坏掉了。这两三年来，明明就是她爸爸一直在缠着我妈妈，用尽心思地想追求我妈好不好！

就说我读书这事吧，也是他先夸下海口说自己有门路，我妈才请他帮忙的。如果她指望着这点小恩小惠让我从此在她面前低三下四，那她真的大错特错了。我深吸一口气，然后微笑着说："我看你还是先管好你爸吧，让他别有事没事在我妈店里晃悠。"

她轻轻地哼了那么一声，拎起地上那个袋子递给我，一口气说道："我承认我爸很傻很天真，你妈很美也很有手段。但他们真的不合适，如果你妈能高抬贵手放过我爸，我想我会因此感激她一辈子。礼物什么的就不必了，我们心领了！"

她说这些的时候，眼睛毫无畏惧地盯着我，甚至还带着一丝丝微笑，好像她是个等了很久才可以上场的演员，这些台词早就在她心里滚瓜烂熟了，只等着我这个看客出现，她就可以尽情表演。只可惜她演技太烂，我无心捧场，和她对话半句都是在拉低我的智商。我差不多是一把从她手里抢回那袋礼物，头也不回地下了楼，直接打车到了某家礼品回收店，一阵讨价还价后，换回八百块。

肯定是亏大了，但总好过把它扔掉。

我揣着钱就进了临近的商场。在BENEFIT柜台流连良久，最终将一小支防晒乳液以及“THAT GIRL”光亮面霜收入囊中。其实我很少化妆，我喜欢某样东西，只是因为钟爱它的气质。十六岁的我早已深谙一个道理，要想在总令你沮丧的现实里像公主一样地活着，前提条件就是尽一切可能宠爱自己。

从商场出来，太阳特别毒，我买了一只甜筒边吃边往公交车站走去，街角拐弯的时候我忽然看到了刘翰文。多日不见，他俨然已成功晋级骨灰级小痞子的行列，头发上有一小撮金黄，裤子上差不多有一百个小口袋，蹬一双看上去有十公斤重的厚底鞋，骑在一辆闪得人眼睛发花的摩托车上。看见我，他惊喜地和我打招呼：“嗨，It’s me！”

我拍拍他的车：“够酷，哪儿弄的？”

“找朋友改装的。”他得意地说，“上来try try？”

我该怎么介绍刘翰文呢？关于刘翰文的传说多半都是跟他爹有关的，比如他爹是我们这里的首富，他爹有七个老婆，他爹请一次饭花了十万块，他爹每次揍他都把他吊到天花板上用鞭子抽……和他爹比起来，他的个人标签就显得简单太多了，就三个字：富二代。

我已经想不起来是怎么跟他认识的了，应该是在一次朋友的朋友的朋友的生日聚会上。他看上了我，跟人吹嘘三天就能追上我，如今两年快过去了，他依然毫无建树。在这期间他也谈过无数次恋爱，也有女生曾经为他要死要活，但是他依然对我心存意念，原因很简单，得不到的才是最好的。

只可惜，他不是我喜欢的那种型。一眼就能看透的男生，没意思。

天太热了，我本来都想跳上他的车让他送我回家，但就在这时候我看到了维维安，她正从街边的一家小书店走出来，看了我们一眼就往前走去，她的眼神翻译过来分明就是："你就整天跟这样的人混在一起吧。"于是我临时改了主意，冲刘翰文摆了摆手，矜持地微笑了一下，快步跟在维维安的后面。

他得来追我，这是必须的。

摩托车的轰鸣声在后面响起，刘翰文果然不负重望地追了上来。我第一句台词还没有酝酿好，他车子已经在我和维维安面前一横，直接拦住了我们的去路。

"你要干吗？"抢在我前面说话的人居然是维维安。

"你说呢？"他反问她。

维维安用手里的书用力拍了他大腿一下，大声说："我都说叫你别骑这样的车出来丢人现眼了吧，整个一街头流动小丑！"

刘翰文笑得像个太监。谄媚又讨好。

紧接着，只见维维安以非常矫健且熟练的姿势跨上了刘翰文的车，抱住了他的腰。“拜拜！”他回头跟我打了个招呼，不过短短几秒，两人已经风驰电掣般地消失于我的视线中。

这两个人居然认识？这是演的哪一出？

不过我才不要友情客串。让他们自娱自乐去吧。

“送完礼”回到家中，发现我妈特意关了店，要带我去买新手机。我真心想要一台iPhone4，但它显然完全不在她考虑范围之内，连看都不多看它一眼。这么多年过去了，她用的始终还是当年那个诺基亚，边都磨白了，还常常死机。我怂恿她说：“你手机也该换了，不如换个苹果吧，很好用的，还可以玩游戏。”

“我没事玩什么游戏？”她举着她的古董对我说，“我用手机顶多就是给你发发短信，这个挺好，用得顺手，换一个还不会使。”

最终她给我挑了一个小小的三星。一千元左右。

“女孩子用这个好。”她高兴地说，“小巧，又漂亮。”

我不喜欢，但仍然双手接过，装出微笑跟她说谢谢。不知道从何时开始，我耻于当面跟她提任何的要求，我早已习惯在她面前藏起我所有的欲望，仿佛这才是懂事体贴的唯一象征。我出自真心不想为难她，所以宁愿为难我自己。

本来都说好买完手机在附近吃小火锅，谁知道她看了看贴在门口的价格表，拉我一把说：“还是回家吧，昨天没吃完的烤鸭还在冰箱呢，不吃多浪费。”

我懒得抗议，是因为早已经习惯，明白抗议也是无效。

这三年来，我不时会想起池振宸和他曾带给我们的那种生活。他对生活品质的讲究和他用钱的大方甚至挥霍总是不免让我有一种被珍视的感觉。但我知道那只是幻觉，而且那样的生活再也不会有了。他没有找来，我想大概也再不会出现吧。

不过那晚我居然梦到他，梦里我又回到我的小姑娘时代，他却已经是满头白发，牵着我的手走到老师面前，对她说："她要不好好写作业，就罚她抄十遍。"

说心里话，我愿意抄，如果这不是梦。

6

很多时候，我讨厌夏天。讨厌灼热的阳光，总是黏湿的皮肤，呜呜作响的空调和没完没了的白天。

最重要的是，仿佛所有令人担心的事，都会在夏天发生。

因为拒绝了补课，我整天都在家看碟。我承认有些地方我很不像九零后，我既不爱穿越小说，也不爱漫画，不喜欢那些整容整得人不像人鬼不像鬼的各路女明星，也不喜欢韩国的各种欧巴。

事实上，在所有的明星里面，我还是有一个喜欢的，她是舒淇。她和我有太多相似之处，从小家里穷，被妈妈揍。与我不同的是，她选择一次次离家出走逃避一切，我却早早地认清了人生的宿命结局，与其兜兜转转回到原点，不如握好手中仅剩的牌，等待那个出牌的机会。我收集她所有的照片，放在一个文件夹里。看网站上人们对她来来回回的评论和诋毁，只看，不评论。睡不着的夜晚，我从床上爬起来，偷偷地对着我床头的那面小镜子化妆。模仿她放下一头长发，模仿她把眼线拉长，嘴涂得厚厚的，模仿她慵懒的笑容。我没有一刻不希望自己变得更美，我深知这种美必须独一无二，才能尽可能地延长它的生命和延展它的诱惑力。

整个夏天的时间，我都用在了自恋上。

本来她答应和我有一次旅行，带我去看海，机票和酒店都去旅行社询好价了，却又因为临时接了服装厂一个设计的活而泡汤。

“做完这一笔，可以挣到不少钱。”她喜滋滋地对我说，“上了天中，就等于一只脚踏进了大学的门槛，我得多替你存点。”

“我考上大学后，你怎么办？”我问她。

“没想过。”她说，“你能独立了，我一个人怎么都好。”

本想试探试探她，可她说得那么伟大，令我完全没法接招。我一沉默，她反过来问我：“你想去哪里读大学？”

“北方。”我说，“南方总是湿嗒嗒的，不习惯。”

这一回轮到她沉默。

那几天，她都没日没夜地泡在郊区的服装厂里，店全交给我打理。因为天气太热，加上货也卖得七七八八来不及补，生意很是清淡。下午四点半，我昏昏欲睡的时候，有人送来快递，是一个大纸箱子。一开始我以为是她的货，埋头签收的时候，发现这个分量不轻的东西竟然来自我的老家。

那个地名，我承认我已经忘记很久了。我很吃惊，一直以为她和老家早就断了关联，没想到竟然还有信件往来。

里面是什么，礼物？

快递员离开以后，我迅速找来一把小刀，弄开了缠在箱子上的那些胶带，打开了箱子。映入我眼帘的，是一堆杂物。主要是衣服鞋子之类的东西，但一看就不是新的。放在最上面的，是一个相册。

我打开相册，里面夹着一封信。把信拿开，就看到一张合影——六寸的彩色照片，被水气侵蚀，所以有些变色。我首先认出的是站在左边的她，这么多年，其实她的变化并不是很大，长头发，大眼睛，总是微微抿着的嘴唇，透着她独有的自以为是的骄傲。中间那个小人，应该是我，穿了一条牛仔裙，乱七八糟的短发，手里握着一个形状古怪的玩具，应该是水枪吧，板着一张脸，似与世界有仇。最右边的那个，我猜，应该是我爸爸。只能用猜，是因为他留在我记忆中的痕迹实在是太少了。在这之前，我从没见过他任何一张照片，所以，我压根不知道他到底长什么模样。我盯着照片中的那张脸看了很久，那个陌生的、早已经远去的人，不得不承认，其实他很帅。当年我妈就算被逼入绝境，仍对他一往情深，也是难怪。

我的眼光好不容易转移到被我握在手里的那封信上，黄色的信封，上面只写了四个字：爱玲亲启。我以为那会是某封我爸写给我妈的旧情书，但打开来发现不是的，信是她表哥写来的，落款就在前几日。信的内容如下：

爱玲，见信好：

你还记得吗？箱子里的这些衣物，是你当年离开家里，托我替你保管的。我一直等着你回来把它们取走，没想到，一等就是这么多年。我怕我走后，没有人保管它们，会被扔掉，所以还是将它们寄给你。虽然你曾经说过不要了，但是我想，属于你自己的东西，还是由你自己来处置比较好。

得知小薇考上了重点高中，替你高兴。你一个女人，这么多年独自拉扯她长大，不容易。不过，表哥也劝你，不要再一个人撑着了，遇到合适的人，就嫁了吧。小薇总有一天要长大，要嫁人。你自己有个完整的家，才算是真正的安定下来。

我在天之灵也会保佑你们的。

另：不要再寄钱来，寄来我也收不到了。

祝一切好！

表哥匆笔

寄钱？

我们家一直不是很富裕，客厅的空调早坏了，一打开就吱吱呀呀的响，我早就想换一台了，她却说还能用，我以为家里没钱，谁知道她竟然把钱寄给别人！

看来，她瞒着我的事情还挺多的。我盯着那封信，脑子里像被什么东西麻麻地电了一下，完全没了思想。好不容易回过神来，我把信纸迅速地塞回信封，放回相册，找来胶带把那个盒子重新封死，推到墙边。

我不准备告诉她，并且我决定今天提早关店，自行将这些东西“处理”掉。我是为她着想，这应该是她不喜欢的回忆，不然她早就将它们取回了。我同时也是在为自己着想，毫无疑问，箱子里那些年代久远的东西散发着灾难的气息，它们让我不安，让我窒息，让我想要找个什么东西重重地捶上几拳。

刘翰文就在这时候恰到好处地推门而入。

他戴了一顶滑稽的宽边礼帽，嘴里叨着一根雪茄，冒充大佬。我对他苦心经营的新造型并不感冒。在得知他跟维维安有一腿以后，他在我心中的分量更是下降至少三成以上，但这些并不妨碍我对他展露出一个微笑。

“生意好吗，美丽的老板娘？”他走近我问。

“你走错地方了吧。”我说，“这里可不是什么名牌店。”

“错！”他指着我说，“你就是我心目中响当当的名牌！”

“难道不是维维安吗？”我笑。

“你吃醋的样子更添风采！”他凑近我说，“今天弄了辆好车，兰博基尼限量版！他们说上面要坐一个漂亮妞才算真有价值。我盘来盘去，方圆五百里，我认识的姑娘，就你配得上这辆车！带你游车河，你给句话，yes or no？”

“可以考虑。”我指着墙角的箱子说，“不过得带上它。”

“是什么？”他把那根压根没点着的道具雪茄含在嘴里，走过去踢它一脚说，“是要我用价值几百万的名车帮你送货吗？”

“提钱多俗。”我说，“那里面都是一些不要的旧东西，我想找个没人的地方把它给烧掉。”

“烧掉？听上去很有趣，难道是旧情人留下的什么纪念品？”他一边说，一边已经弯下腰，伸手去拖那个箱子，拖到门口，他回身对我说：“Come on，baby！”

我对车没什么概念，但一出门就被那辆车震住了——它真的不同凡响，橙黄色的车身，整体造型有种强烈的雕塑感，每一根线条和棱角都在阳光下显示着不羁的野性。比起大街上那些来来去去的车子，它更像是一个天外来客，吸引了无数路人驻足的目光。

“你的？”我问。

“我二姐的，她刚买回来，借我开几天。”他倒算老实。

把那个纸箱扔进后备箱，刘翰文替我打开车门，我毫不犹豫地坐了进去。车子很快就驶出了市区，上了高速。刘翰文打开音乐，韩国的歌手，吵吵闹闹，我完全不感兴趣，于是伸手关掉了它。

“增加点气氛啊。”刘翰文说。

我扭头问他：“这么好的车，你不觉得发动机的声音听着更有趣吗？”

他想了一下说：“那是。确实。有道理。对了，带你去个好地方，在那儿可以放心地烧你的东西，没人管你。”

“行，开快点。“我说。

“要多快？”他问我。

“你能多快就多快。”我说，“开这车，要是慢吞吞，不如买个二轮车。”

“那是。确实。有道理。”他说着，已经在加速。高速上车不多，我不安的心也在疾速的飞驰中慢慢平息下来，不过短短二十分钟的时间，我们已经到达了艾叶镇的一个湖边。刘翰文把车停在路边，我们下了车，他替我把纸箱子抱到一个土坡旁，问我：“要我帮忙吗？”我摇摇头蹲下，把里面的东西一样一样地掏出来，除了那个相册，多半是我妈的衣服，有一件红色的礼服，应该是没怎么穿过，不知道是不是她跟我爸结婚的时候穿的，不过看那腰身，她那时候还真是瘦。至于那些小裙子和小鞋应该是我的，做工都很细致，看来我小时候过得并不算太差。最后压在箱底的，是一个布娃娃，像照片上的我一样板着一张肮脏的小脸。说实话，她的脸真的很丑，辫子上沾着很多灰尘，我实在回忆不出，小时候的我是不是曾经热烈或者温柔地拥抱过这个丑东西。如果是，我该有多么缺爱。

我把它们堆在一起，转头问刘翰文说："有火吗？"

他掏出打火机递给我，终于忍不住开始多嘴多舌："这些东西看上去很古怪，你能给我简单介绍一下吗？"

"遗物。"我说。

他显然被我吓到，吃惊地问我："谁的？"

我说："知道得越少越好，你能替我去捡点干树枝来吗？谢谢你。"

他遵命而去，等他回来的时候，火已经燃起，他替我把那些树枝一根一根地放到火堆上，转过头看着我说："阙薇，有句话我必须告诉你。"

"什么？"烧焦的相册发出难闻的气味，我只能捂住鼻子问他。

"你对我而言就像一个谜，快要把我迷死了。"

"你想要答案吗？"我问他。

"不想。"他现学现卖，"知道得越少越好。"

"聪明。"我伸出手，拍了拍他的肩。他指着对岸一片地对我说道："明年，那里将建成一个很大的休闲山庄，专供有钱人娱乐，这个项目，是我爹负责的。到时候，你就是这里的

VIP贵宾之一。”说完，他站起身来，去车载冰箱里拿了两罐啤酒，递给我一罐。我与他在湖边坐下，对饮，看湖对面的落日渐渐沉入地平面，而身边那堆东西早已经燃烧成黑色的灰烬。我一时兴起，脱了鞋，赤足走到湖边，湖水的凉气从脚底蔓延至全身，藏在体内多日的燥热顿时消散，真是令人愉悦。

回过头，发现刘翰文举着他的iPhone4在偷拍我。被我发现后，索性大方要求：“Come on，baby，笑一个！”

我警告他：“偷拍者，没收手机。”

“你顺便也把我没收了，行不？”他走到我面前来，拿起我的左手，将他的手机放到我掌心里。

“有没有人说你很像舒淇？”他说。

我瞥了他一眼，露出微笑却不作声，决定更像舒淇一点。

夕阳刚好，湖水正蓝，我仰起头问他：“这世界上，你最喜欢谁？”

他想也不想地说：“你。”

我看着他说：“错。你喜欢我，是因为我让你欢喜。所以，你喜欢我不是为我，是为了你自己的欢喜。所以，说到底，你最喜欢的人不是我，其实是你自己。”

他完全被我绕晕了：“等等，你让我先捋一捋。喜欢，欢喜，欢喜，喜欢……听上去好像狗屁不通，可事实上确实有那么一点点道理。”

我把他的手机里我的照片删掉，还给他说：“我不要别人用过的东西。哪怕再喜欢，我也不要。”

“我也一样。”他咧嘴笑了，很快补充说，“不过你对于我，永远都是新的。”

我第一次发现，他并没有我想象中的那么无趣。他那不拘一格的造型，狗屁不通的英文以及油腔滑调的小聪明，对付维维安那样的矫情女生，还真是绰绰有余。

而对于我，他不过就是今天下午正好送上门来的免费司机，仅此而已。

7

新学期报道的那一天，我才知道托维维安老爸的福，我和维维安都分到了重点班，也就是说，我俩成了同班同学。

天中高中部，全部要求住校。学校管得很严，平日要出校门，必须要班主任的出门条。偏偏我和她，还分在同一间宿舍。她下铺，我上铺。每晚熄灯后，她都不睡，在床头夹一个应急小灯，读她那些乱七八糟的书。灯光透过床的缝隙照上来，正照在我眼皮上，搞得我也睡不着。第三天的晚上，我终于忍无可忍，敲敲床边对她说："请把灯关掉，不要影响别人睡觉。"

她不理我，只是拿了条毛巾盖到灯上，继续看。

本来光线是弱多了，也不至于影响我了，但她傲慢的态度惹怒了我，第二天趁年级组长来检查的时候，我就当着大家的面指着她的床头直接投诉："我们宿舍有人用应急灯，晚上影响我们休息。"

于是，她的灯被收走了，顺带被收走的，还有她的那些宝贝书。不知道她是不是有不看书就睡不着觉的毛病，那天晚上，她一直在床上翻来翻去，搞得我也很晚才睡着。宿舍里另外两个女孩都屏气凝神，等待着风暴的发生。其实我也在等，不过我不怕她，我既然敢这么做，就不怕承担任何结果。

奇怪的是，除了翻身，她什么也没做。结果，我就在这样全身戒备的状态下迷迷糊糊地睡过去了。

第二天早上，班主任把那些书都拿来还给她，让她收好，带回家，不要再带到学校里来。课间的时候，她当着全班人的面把那些书统统抱起来，全扔进了垃圾桶。喧闹的教室一下子安静了下来，所有人都看着她从教室角落走回自己的位置。有好事者问她："你干吗呢？"

她很淡定地说："脏了，没用了。"

此言一出，全班更是一下子静得连呼吸都听得到。

我觉得她就是一神经病。

吓唬谁呢这是。

我真心讨厌维维安这种女生。表面清高背地里还不知道有多污浊，当然我也不指望她会喜欢我。我相信她对我早就怀恨在心，迟早会放马过来跟我单挑，但我早就说过了，我不怕她。

从小到大，除了贫穷，我什么都没怕过。

"维维安是个不折不扣的Les！"知道我跟她有过节后，立刻有好事者向我提供她的隐私八卦。这女生跟我们一个宿舍，名字很怪，叫花枝。我知道她不喜欢维维安，因为她体重一百五，却不慎和八十斤重的维维安撞过衫，对比图曾经荣登天中论坛热评榜。并且，她疯狂迷恋杨幂，维维安却硬是把她贴在宿舍门后的一张杨幂的海报扯掉了，说是有碍观瞻，会影响宿舍的清洁评分。

“你要是想弄她，我可以给你图片上传天中论坛。”花枝说。

“你自己为什么不传？”我问她。

“别说我不帮你！”见我态度不热情，她横我一眼，摇着肩膀走掉了。

只怪她不了解我，这世上，任你是谁，也休想把我当成那种心甘情愿当别人枪子儿且自动上膛的傻子。我真的要弄谁，自有我的办法，靠别人算什么本事。

也许是继承了我妈身上的某种特点，我比较招男生的喜欢。有男孩就曾经说过，我身上有某种特殊的气质，令他欲罢不能。有个男孩半夜打电话为我唱情歌，说此生非我不娶。他没考上天中，我在他QQ空间里发现了别的女孩的照片后，就把他永远地拖进了黑名单。还有个男孩曾经为我自杀，他走到小河中央的时候被路人发现拉了回来，所有的人都以为他是因为考不好要自杀，只有我们俩知道事情的真相，因为我对他说，如果你有勇气跳下那条河，死不了，我就让你吻我的唇。

他当然没吻到我的唇，我只是逗他玩。其实我从来就没想过要做任何人的女朋友。那些前赴后继的男生，最多也就是牵牵我的小手，除此以外，想都不要想。

和那些动不动就为了爱情奉献一切的脑残女生比起来，我知道我比她们要聪明许多，也高贵许多。这个认知一直让我感觉良好。

唯一让我对此产生怀疑的人，是维维安。

好吧，我承认，她让我不安。

应急灯事件后，她一直没报复我，视我若空气。相反的是，很长一段时间，她就是我的眼中钉，肉中刺。我只要一看到她，就会想起她在我耳边说过的那句狗屁不通的话：“能不能请你妈妈以后都不要再缠着我爸爸了？”

她看不起我。

可是，她凭什么?

周末回到家，妈妈在房间里换床单，我走过去帮她，忽然发现这竟然是我前段时间在商场看中的床单，但是价钱贵得离谱，当时她犹豫了很久最后还是拉着我走了，我一直很失望，没想到她竟然买回来了！

“你不是说太贵了吗？”

“我手工做的。”她说，“这个花色很少见，跑了不少地方才找到。”

我心里一软，感动得鼻子酸酸的，这一针一线，她要花费多少时间?

“对了小薇，前一阵子你有没有帮我收过一个快递，送到店里的？”她忽然问我。

“有好多个，你说哪一个？”我按捺住不安的心跳回答她。

“应该是一个纸箱子。”她比划了一下说，“不会太小。”

“那没印象了。”我说，“是什么重要的东西吗？”

“没什么。”她一边埋头收拾东西一面埋怨说，“现在的快递，真是越来越不靠谱了。”

还好她没再继续追问下去。

那天很晚才将家里收拾停当，菜也没来得及做，我们俩只能吃面条。酱油没了，她说去楼下超市买，顺便买半只烤鹅。因为走得匆忙，没拿手机，她人刚下楼手机就响了，我一看，是维维安的老爹。手机响了两次我都没替她接，短信来的时候我实在忍不住伸头去看，看到的竟是这样的一行字：“贷款的事已找到人，但抵押房屋，还是要三思。”

我脑子当时就炸了。

贷款？抵押！！！！！！！！！！！！！

我一把抓起手机，想搞明白她到底又在玩什么鬼把戏，可是，她的收件箱里信息少得可怜，除了我给她发的几条报平安的日常短信，就只有这么诡异的一条：“……但抵押房屋，还是要三思。”

这件事实在令人想不通。平日里她节俭惯了，保养品都不舍得多买一点，这样的人怎么会突然需要这么一大笔钱，还要用房子去抵押？难道……我想起那一箱子被我烧掉的东西以及她表哥的那封信，心里的不安开始蔓延开来。不过我想好了，不管她要做什么，反正我就是一个态度，她要是胆敢抵押或者卖掉这个房子，我就跟她拼命！

等她回到家里，我把手机递给她说：“手机响过，我没帮你接。”

“哦。”她迅速接过翻看了一下，神色如常，只是匆匆把它塞到口袋里，说，“你该饿了吧，我这就下面条去。”

吃面的时候，我们俩面对面坐着，气氛有点奇怪。还是她先打破沉默，没话找话地问我："学校的饭菜不怎么样吧？"

"还好。"我说。

"学习跟得上不？"

"还好。"我说。

"跟同宿舍的同学处得还好？"

"还好。"强忍着我那濒临爆发的情绪，我的口气好不到哪儿去。很快她就发现了。

"你怎么了？"她抬头问我。

"我好得很。"我猛地把碗往前一推，对她说，"你手机拿来。"

她质疑地看着我："你要打电话？"

"拿来。"我干脆地说。

她好像明白了什么似的，眼睛里的光瞬间沉下来，埋下头拌着碗里的面条，对我说："这些小事你不要管。"

都要把房子抵押了，她还说是小事？！那还有什么算是大事？我心里的无名火一下子就被撩拨起来。我快速走到她身边，把手机从她口袋里一把抽出来。她完全没料到我会这样，因为躲闪不及，竟然踉踉跄跄摔倒在地，碗也跟着掉在地上，摔成了好几瓣，面条和汤糊了一地。

我顺利抢到手机，举着它，打开了那条短信，俯下身，对坐在地上正狼狈整理衣服的她说："你贷款？你贷款做什么？"

她挣扎着站起来，我下意识地退后两步，没有去扶她。我很少对她这样咄咄逼人，但是到了这时候，我必须问出我想要的答案，她当我还是那么任她扯着东奔西跑不敢抱怨不敢反抗的小孩子吗？不，我早就不是了。今天我一定要证明给她看，我不傻，不疯，不像她！当然也没人会像她一样，拖着自己的亲生孩子背井离乡流浪漂泊，有好日子不过，空长一个漂亮的躯壳，守着莫名其妙的自尊苦熬一辈子！

我，才，不，要！

不知道是不是我眼里的某种不屑的神情让她看懂了，站起来的她没再和我撕扯，而是沉默地进屋去换了一身衣服出来，然后径直在沙发上坐下，用很冷静的语气对我说道："我表哥，最近身体出了问题，需要换肾。"

"表哥？哪门子表哥？"我气结，她到底还是知道了。

"就是你表舅舅，你别忘记他对我们有恩！你爸当年得病的时候，别人都躲着我们，就他借过不少钱给我们，现在他病成这样，我怎么可以不管？！"她的语气开始激动起来。

我却比她更激动："管管管，你拿什么管？你也不想想自己的能力，到时候贷款还不起，房子没了，你打算怎么办，住大街上，还是干脆搬回堂子街去算了？！"

我气得都有点头晕，扶住沙发靠背继续朝她吼道："有什么人要抵押房子帮人治病的？！拜托你做事用点脑子好不好！"

"小薇你别急。"她走到我面前来，握住我的手，试图让我平静下来，"大不了我辛苦点，多做点生意，钱没了，可以挣可以借，可是命没了，就什么都没有了！"

我一下子推开她的手，觉得她的这些话简直是天方夜谭："他没命了关我们屁事，挣钱是要力气的，借钱是要还的你知道不知道？你打算怎么还，用这个房子？还是用你自己？我看你干脆把我卖了算了！"

我知道我的话难听极了，但她的白痴行为真的让我无法控制我自己的嘴巴。我看到她脸上先有一阵抽搐，然后就定格在那里。这也是我第一次大声冲撞她，其实我也害怕得头皮发麻，但我却努力直着腰，不想在声势上先输掉。因为我真的无法面对失去这套房子的恐惧，我闭上眼都能回到在堂子街那个阴暗潮湿的破屋子里趴在床上点着小台灯做作业的落魄场景。光是想象，我都觉得恐惧和耻辱！我看着她摇摇晃晃地转身，蹲下身，捡起一块碎掉的碗片，猛地往窗玻璃上砸去，一整片厨房的玻璃都碎了，哐里哐当，那些玻璃的碎渣掉在炉灶上、地上，掉在面汤锅里，我下意识地捂住脸，尖叫出声，但好像还是有无数细小的碎玻璃溅到了我的脸上，眼睛里。

我宁愿她砸的是我，我宁愿她直接把我砸死。

我跑回了小屋。感觉脸上火辣辣的疼，疼得要命，疼得快死掉。奇怪的是，她根本就没有动我一根毫毛甚至没有骂我，但我就是痛得无以复加。我对着镜子流了一小会儿泪，用指甲划过镜面，抚摸镜子里的那个我。我不认识她，去掉所有的伪装之后，她真的很丑，很难看。她早早丢失了少女该有的美好和纯真。她不幸福，因为她总是一无所有。

我扭过头不看镜子里的那个她，咬牙切齿地告诉自己不能哭，没什么好哭的。但是我却哭得更厉害了，直到被深深的倦怠淹没。我好像睡着了，心里却哀伤，仿佛立在悬崖峭壁，上天入地，无处求告。

直到深夜的时候，她才来推开我的门，却远远站在门边，只说了一句话：“小薇，你可以恨妈妈。我将来要是有什么，你也大可不必管我。”

说完，她没有等我回答就转身回了自己的房间，留下我在黑暗里，独自揣摩这一句到天亮。

8

第二天，我一直睡到中午才醒。

推开房门，发现家里没有人，她应该早已经去店里了。厨房的碎玻璃已经清理干净，我昨日拿回的脏衣服，已经被她洗干净晾在阳台上，还有我的球鞋，也被仔细刷过了放在窗台上沐浴着阳光。餐桌上是做好的饭菜，有我最喜欢的糖醋鱼和西红柿炒鸡蛋。

换成平时，我会把它们热一热，美美地吃完，然后去店里陪她一会儿。

周末是她店里生意最好的时候，常常会忙不过来。偶尔遇到几个挑剔的顾客，也多半是我来对付，磨到最后总能让他们乖乖买单。因此她总是取笑我面皮比她厚，更适合做生意。

但是今天，我没有胃口吃饭，也不知道该不该去店里，不知道经过昨晚的争执过后，我该如何面对她。

刚刚入秋酷暑还没过，正是太阳最毒辣的时候，不知不觉我已经汗流浃背，家里那台破空调只会吱吱呀呀地响，没有一点冷气，我心里本来就憋着气，它一响我更烦躁了，顿时觉得好像全世界都在跟我作对，我妈欺负我，连这台破空调也欺负我。

它还在孜孜不倦乐此不疲地响，气得我顺手抓起墙边的拖把对着它一阵猛敲，这下好了，它停了，寂静无声。

就在这时，门铃忽然响了，我以为是她回来，心里琢磨着该如何面对她，我提醒自己一定要冷静，多说点好话，毕竟我们很少吵架，彼此给一个台阶下都是必须的。谁知道打开门看到的竟是维维安的爸爸。他腋下夹着一个公文包，行色匆匆地问我："你妈妈呢？"

"应该在店里吧。"我后退一步，示意他进来。

"可是我刚去的时候，店门还没开啊。"他站在门口，有些犹豫，不知道是该进还是走的样子，很有些不好意思地对我解释道，"我一直联系不上她，只好来家里看看。"

"有什么急事吗？"我问他。

"还，好吧。"他吞吞吐吐，但脸上的神色一看明显就是急事。

我说："要不您进来坐坐吧，我给她打个电话看看。"

"也好。"他说。

我给他拿了拖鞋，他弯腰换上，轻车熟路地在我家那个小小的沙发上坐下。看来我不在家的时候，他没少来这里。

"家里很热，没开空调吗？"

这话到了我耳里竟有些刺耳，我知道他并不是在讽刺，可是被外人看到我们家的狼狈和落魄，我敏感的自尊心又在作祟了，一下子坐立不安起来。

"坏了。"我赶紧抓起电话拨我妈的号码，果然不在服务区。

“兴许是没电了。”我说。

“可能吧，也不知道她去哪儿了。”不知道是不是为了活跃气氛，他接着夸我说，“听维维安说你在班上人缘很好啊！”

一听就是他在胡扯。维维安除非脑子进水，不然死都说不出这样周全客套的话。但我还是照单全收，微笑着回他：“人缘好有啥用，你家维维安聪明，书又读得多，比我强太多了。”

“你要多帮助她，她这个人，迷糊得很，幼稚得很！”

这个可怜的男人，一开口就暴露了他对自己女儿的了解值绝不超过百分之十的悲惨事实。维维安迷糊？维维安幼稚？就算世界上所有的形容词都消失了，我也不会把这两个词安到她身上去。

不过我可没那么多功夫与他扯这些闲话。将身子转向他，我诚恳地进入正题：“维伯伯，你说我妈拿房子去做抵押贷款，会不会有风险？”

“怎么你知道这事了？”他略显吃惊。

我点点头，问他说：“那你知道我妈贷款是要做什么吗？”

“应该……是做生意吧。”他说。

我摇摇头：“维伯伯你可能有所不知，我很小的时候，我爸就生病了，为了给我爸治病，我们花光了所有的钱。我外公外婆去世得很早，我们穷得没饭吃的时候，那些亲戚也没管过我们。这两年，我们的日子刚过得好一点，他们又想方设法来骗她的钱！说是得了什么肾病，我敢肯定根本就是一个谎言，可我妈也就是一个善良的傻瓜，从来都不懂得拒绝，不懂得保护自己。维伯伯，我妈真的太累了，我不想她再这样累下去。我不敢想象，如果因为这件事，我们再一次没有房子，没有家……”

这些话真的触动了我自己内心的悲戚，我无法继续说下去，只能任由眼泪哗哗地涌出眼眶。维维安的爸爸有些慌神，他赶紧把桌上的纸巾递给我，对我说道：“快别哭了，别哭了，叔叔答应你，保证你不会没有家。我保证还不行嘛！”

“我妈的脾气，你不知道，她倔得要死，一旦决定了的事，谁说都不听。”我抽泣着说。

“我怎么不知道！”他高声说道，尔后又深有感触地讲，“我来就是告诉她，贷款的事恐怕没那么顺利，不过你不用担心，我有办法的。”

“您可别误会！”我连忙一边抹泪一边跟他解释说，“我决不是要跟您借钱的意思，相反，我是希望你千万千万不要把钱借给她。我可不希望我妈妈再一次被别人骗，连带您也受伤害。”

“难为你小小年纪就这么懂事，”他叹息说，“维维安有你一半我就满足。”

“叔叔，我还有事求你。我跟你说的这些，你千万不要告诉我妈妈。你知道她这个人，要面子。”

他点点头，起身告辞，我走过去替他开门，回头就听见他说：“我下午让人来修空调，你最好在家不要出去。这么热的天没空调怎么行。”

“修不好的，修很多次了。”我说。

“那就买一台新的吧。”维维安爸爸说道。

就在这时候，门铃又响了。打开门，门外站着的竟然是维维安。估计是一路跑着来的缘故，她还在喘气，两颊通红，刘海汗湿了一大半。看到我，她直截了当地对我说：“我找我爸。”

我只退开半步，她已经像个小地鼠一样毫不客气地自行溜进来，立在我家客厅中央，用一种含有特别讽刺意味的语气对她爸说道：“维大同，你居然，果然，真的在这里！”

“你怎么来了？”她爸爸显然吃了一惊，连忙站起身来。

她看了我一眼，回答：“你能来，我就不能来吗？”

“哦，对啊。”维维安爸爸摸摸头说，“我都忘了你和小薇是同学。”

“我不找什么小薇，我就找你。”维维安走近她爸，低声说，“交出来。”

“什么？”她爸爸不明白的样子。

“你别逼我。”维维安咬牙切齿。

“你在说什么呀，莫名其妙的，先跟我回家吧。”她爸眼光闪烁地看了我一眼，走上前去轻轻地拉了她一把。

“我让你把我要的东西给我交出来！”维维安用力甩开他，朝着他大喊大叫。

“过分了啊！”她爸爸转身拿起放在沙发上的黑色公文包，用手指着她，语气严肃地说，“有什么事跟我回家再说！”

“见不到我要的，我是不会回家的。”维维安说完，扑上去抢她爸的包，她爸不让，赶紧躲闪。两人你来我往，好一阵争夺后，维维安一下子没站稳，猛跌在地板上。

“你没事吧！”见维维安皱着眉，半天也没从地上爬起来，她爸显然吓到了，赶紧把包放地上，伸出双手去扶她。谁知道维维安此时却突然跳起来，如同侠女附体，一个飞身重重地压在了公文包上，就再也不动了。这动作场面，竟有些令人眼花缭乱。

最后，维维安的爸爸只好认输，俯下身对趴在那里的维维安请求道：“闺女，我求你别闹了行不行？”维维安这才撑起半个身子，用一只手拉开包的拉链。从我站的这个角度，正好能看到包里面装的东西，没猜错的话，应该是一捆捆的红色人民币。与此同时我看到的，还有维维安的侧脸上闪过的一丝诡异而得意的笑容。

这父女俩在我家到底演的是哪一出?

“真不好意思，我们先走了。”维维安的爸爸飞快拉上包拉链，扶起维维安，一边跟我打招呼，一边往门边走去。维维安则用两只胳膊紧紧夹着那个黑色公文包，一副生怕我将其抢走的可笑的姿势，倒退着出了我家的门。

门关上那一刻我忽然想到——难道那些她拼死捍卫的钱，是她爸要借给我妈的吗? 如果是，这事还真够一厢情愿得滑稽可笑。

其实，就我对我妈的了解，除非万不得已，她是不会跟朋友借半个子儿的。要不然，她怎么会把自己活生生逼到贷款的地步?

为了彻底搞清楚状况，我花了些时间稳定了情绪，把被维家父女弄得一团乱的家里收拾了一下，决定还是去店里探探虚实。

我去的时候，她正在给一个中年女人量三围，见我进门，吩咐我说："打个电话叫人送桶水来，水没了。"

"你女儿啊？"那女人故作惊讶地吊高嗓子说，"长得真好看，简直跟你一模一样！"

"一样吗？"她微笑着，却话中有话，"我觉得我们一点儿都不像。"

我不客气地扭过了脸，我不是来跟她吵架的，所以我只能忍着。我打电话叫了水，把垃圾扔掉，又默默地替她整理了一下衣架上的衣服。直到她把客人送走，我才对她说："刚才维伯伯来家里找你来着。"

"是吗？"她说，"我手机没电。去银行了。"

没等我说话，她接着对我宣布说："贷款的事黄了。"

"哦。"我心里一喜，但还是假装镇定地问她，"那怎么办？"

"你说怎么办？"她很无聊地反问我。为了不上她的当，我只能保持沉默，装作看柜台上的报纸，不敢与她有眼神交流，怕被看穿。

"我那个快递，你真没收到吗？"

为了掩饰内心的慌张，我没好气地说："你好好找找呗，反正收到也肯定放在店里，我拿你的快递有什么用！"

"我买了今晚十一点的火车票，不管怎么样，我得回老家一趟。”她并没发现我情绪反常。

“没钱去干吗？”我快嘴地说，“小心被他们打出来。”

我没乱讲，我表舅的妈，绝对是个悍妇。我还记得小时候有一次在她家吃饭，吃到一半被她赶下桌，让我蹲在地上吃。原因很简单，我夹菜太频繁。从小到大，我只要在她面前，就一定是她数落的对象。我那时候最恨的人就是她，学会画画后，没事就画一个丑小人，旁边写上她的名字，再用削得尖尖的铅笔，一笔一笔地把她的脸划个稀巴烂。总之，此恨绵绵无绝期！

就这种人的闲事，我妈居然也去管。对此我也只能是扶额，再扶额。

“如果真救不了他，也得去见他最后一面。”我妈说，“做人不能这么没良心。”

我忍无可忍地回击她：“要按你这么讲，有天池振宸若是死了，你不更得去守夜奔丧了啊？”

事隔这么久，这是我第一次在她面前提起这个名字，而且，提得如此的自然和流畅，把我自己都吓了一跳，我深知，这触及了她的底线，但我不怕，我就是故意的，她不让我好过，我为什么要饶过她。

她只是看着我，一句话不说，她眼神里透露出的失望激起了我更深一层的愤怒，她能指望我怎么样呢？勤劳，善良，勇敢，正直？得了吧！为了让她彻底清醒，我对着她撂下了更狠的话：“你要是真去了，回来就再也见不着我了。”

谁知道，她根本没被我吓唬到，而是回了我简短的有力的三个字：“随你便。”

我恨恨地看她一眼，摔门就走。她压根不来追。这个杀千刀的没心的女人，我估计她就算眼睁睁看着我一头撞死在公共汽车的车轮下，也会冷静地找人替我收尸，草草将我埋了便罢！

想着这些，我真是伤心透了。江湖险恶，世事无常，小人出没，人心叵测。我一个十六岁的女孩，无依，无靠，无本。该如何招招化险为夷，才能徒手夺回被命运以及我愚蠢的妈妈横刀夺走的本该属于我的一切？

或许，是我该好好思考一下的时候了。

9

周六的晚上，天空忽然下起了微雨，由于还不到返校时间，我到达天中的时候，那里就像是一座清冷的孤城。

可是除了返校，我无处可去。我走的时候，她正在客厅里收拾行李，不知道是不是近乡情怯的缘故，她看上去情绪稍有些紧张，一会儿找不到雨伞，一会儿又找不到洗漱包。把旅行袋的拉链拉上，她忽然问我："今天周几？"

"周六。"我说。

"周六你返什么校？"她这才反应过来。

"明天要考试。"我撒谎。

"哦，这样。你要是不急的话，我打车去火车站正好可以顺路带你一程。"

"不用了，我自己坐公共汽车。"我可没打算领她的情。

"对不起。"她在我身后低声说道。

我推开家门走了出去，没有停留。我宁愿相信是我的耳朵出了问题，也不要她这些虚头八脑的道歉。因为如果她出自真心，就该把旅行包扔下，哪里也不去。毫无疑问，在这个世界上，我是她唯一的亲人，我希望她学会考虑我的感受，很可惜，这一次她还是没有。

所以，比她提前离家是我唯一可以表示反抗的方式。

我回到学校，在宿舍的床上坐了一小会儿，觉得又饿又冷。空虚的胃让我的情绪坏到了极点。我打了一瓶开水，给自己泡了一包方便面，在方便面的味道里我忽然非常非常想念日本料理。我觉得我应该大吃一顿，哪怕是一个人的晚餐也没关系。

蓝湾大厦十八层的日本料理，三百八十八元一位。不算很正宗，但足以解馋。

我用了很长时间才克制住自己没有去——因为钱是个大问题。她没说什么时候回来，走的时候甚至没给我多留点生活费，我不能乱花。

另一个选择是睡觉，一觉醒来，太阳照常升起，我依然可以骄傲地活着，期待奇迹的发生。

估计是前一天晚上没睡好的缘故，九点多钟我就顺利地进入了梦乡。我梦见自己走丢了，好像是要回家，可是无论如何都找不到家在哪里。我想给我妈打个电话，手机的按键又失灵了，怎么都拨不出正确的号码。这梦不长，但反反复复地做，直到我忽然被“砰”的开门关门声给惊醒。

一开始，我以为我还在梦里，但我很快发现不是的，的确有人推门而入，喘息声粗重且急促。

我稍撑起身子，就看到门边有一个白色的身影靠在那里。我吓得一身冷汗，顺手打开放在枕边的手电筒，朝着那个影子照过去，大叫一声：“谁？”

“别叫，是我。”对方倒是比我冷静许多。

听那声音我一颗心扑通回到胸腔，除了维维安，没有哪个女生的嗓音会像这样被塞了半块废铁一样的古怪难听。不过为了确认一下，我还是用手电筒去扫她的脸，她下意识地闪躲，并举起两只胳膊来挡。

我这才发现，她居然戴了长而卷的假发，赤脚站在那里，手里拎着一双高跟鞋。虽然外面套着天中的校服，可里面的衣服看上去叮叮挂挂的，宛如一个站街女，与平日里装乖卖巧的她简直判若两人！

外面的雨一定下得很大，因为她全身都湿透了，冷得浑身直哆嗦，样子狼狈之极。

“神经病！”我关掉电筒，缩进被子里继续睡觉。

估计是心虚，她没有回嘴。我算是明白了，天中女生的名声，就是给她们这种人败坏的。

半夜，我却又被来自下铺的呻吟声惊醒。不耐烦地翻了一下身，那声音却愈来愈响且听上去越来越痛苦。说实话，我真有点火了，大声呵斥她：“你有完没完，要不要直接送你去火葬场！”

她没有回应我，只是继续痛苦地哼哼。

看来不抽她是不行了！我利索地翻下床，再次拧开手电来照她，发现她五官痛苦地扭曲着，脸色潮红得可怕。我伸出手轻轻地碰她额头一下，却烫得我立刻缩了回来。

她病了。而且看样子病得不轻。

管，还是不管？我脑子里飞快地盘算了一下。管，非我所愿；不管，万一她真的出了啥事，我会不会因为袖手旁观而担责任？

“给我电话，我打给你爸爸。”我在她枕头旁一阵乱摸，但没摸到她电话。

“不！”她虽然烧得意识模糊，但依然非常坚决地说，“不要！”

就在我犹豫的时候，她忽然伸出她冰凉冰凉的鸡爪子似的小手抓住了我，然后我惊讶地发现，她手腕那里缠了绷带，绷带上还隐隐透出来些许的血渍。

“药。”她指着桌子上的一个瓶子说，“再给我两粒。”

她把我当什么，佣人？我真想扔下她不管，却发现她放开我，头一歪，很快又处于半昏迷状态了。

我有些怕，推她一把，想看看她有什么反应。就在我再次决定“关我屁事让她去死”的时候，我听到她似乎喊了一声：“妈。”

我疑心我听错了，但她又重复地喊了一声：“妈妈。”

我俯下身，看到一颗大滴的泪，从她的眼角滑落了下来。

我承认，我就是在那一刻，对她动了恻隐之心。

我把她的手放回被窝。倒了一杯开水，依她所言从药瓶里倒出两粒药，把她扶起来，喂她吃了下去。

她一定非常渴，吃完药，一口气把整杯水都喝了个精光。

给她喂药的时候，我摸到她身上的衣服是潮湿的。这才发现，她昨晚只是换了外衣而已，内衣的领口和袖口都散发着冰冷的潮气。这个娇生惯养的笨女人，是有多么不会照顾自己！

我用凉水弄湿了毛巾，放到她额头上。她已经烧迷糊，不停地说胡话，一开始那些话还稍稍有些靠谱，比如：你不要我，我也不稀罕你……考试怕什么，小考小对付，大考大对付。下雨就下雨呗，我也不要打伞……她说会儿停会儿，话题不断转换。可当她说道“皇阿玛，我要吃大饼，两面煎”的时候，我拿着毛巾的手不由地停在半空中，我认真地想，她会不会因此烧成一个傻子，或者一个废物。

最重要的是，她手上的伤，到底是怎么回事?

其实我并不想知道答案，我只希望她不要再烦我。如果实在不行，我准备去值班室敲门，把她直接扔给那个凶巴巴的女胖子拉倒。不过好在药物慢慢起了作用，她终于安静下来。我也困倦到了极点，爬上床再度睡去。

我再醒来的时候，雨终于停了，但天还是阴的，阳光微弱地照进窗棂，照在维维安苍白瘦削的脸上，她还在沉睡，但一夜过去，她脸上的潮红褪去了，脸显得近乎透明的白。我心里有种很奇怪的感觉，这个人，我们彼此没好感，但是昨晚，她唯一可以依靠的人，竟然是我。

并且，我帮了她。

我这是怎么了？一点都不像我自己。

我去食堂吃完早饭回来，发现她也醒了。半靠在床上，她用虚弱的声音对我说：“谢谢你。”我没有回应她的感谢，只因为我不稀罕。

“昨晚的事，麻烦你不要说出去。”她强调说，“特别是别告诉我爸爸。”

“昨晚什么事？”我故意问她。

“你开个价吧。”我发现她这句话说得还真是熟练。

我轻笑着说：“那你得先告诉我，昨天晚上你挣了多少?我好码个价。”

她并不理会我的恶毒，而是伸出手在枕头底下掏啊掏的，最后掏出一小叠百元大钞递给我说："这是我所有的，包括下星期的伙食费都在里面了，全给你。"

我接过钱，当着她的面数了数，不算多也不算少，整整九百块。

如果她做出这一举动是指望着我把这些钱扔回她的脸上，大骂一声"收起你的臭钱来！"那她就是小说看太多了，所以才输得体无完肤。

现实是——我把它们塞进我包里，优雅地转身对她说："成交。"

"校门口有个粥记，那里的粥很好喝。"维维安舔着干裂的嘴唇对我说道。

"要喝自己去。"我说。

"我也没钱请你。"她回嘴倒是快。

我懒得搭理她，并且我正忙着打扮自己——半长袖的蓝白细格纹的连衣裙，娃娃领，加厚的棉布，经过砂洗后故意做旧了的颜色，看上去很有怀旧的气息却又不失少女的活泼，配上一件紫色的薄外套，一双低调的白色匡威鞋，应该特别适合初秋微凉的天气。穿着它去逛街，回头率应该也不低的吧。

"你昨晚怎么会在这里？"她问。

"别问那么多问题。"我放下手中的裙子，故意看着她的手腕警告她，"不然我要是也问起来，恐怕你就没那么好回答。"

她拉了拉睡衣的袖口，挑衅地说："你可以问啊，我爱答就答。"

我靠近她，低声说："你说你爸要是看见你昨晚那样，会不会连想死的心都有？"

她显然被我击中要害，抿着嘴，好半天才从牙缝里挤出一句话来："拿人钱财，替人消灾，我想这点起码的规矩你应该懂。"

我哈哈大笑："要我懂规矩，前提条件是，你也得懂事啊。"

她被我噎得无话可说，索性闭上眼睛装睡。

毫无疑问，这一回合，我完胜。

走出天中的校门，阳光忽然有力地穿透云层，照在33路公交车的站牌上，照得我的心情也无比明亮。我很清楚，从这里只需要坐四站路，然后下车，左拐，直行五十米不到，就可以到达蓝湾大厦。

十一点半的时候，我已经准时端坐在蓝湾大厦的十八楼。侍应生弯腰礼貌地问我："小姐你几位？"

"一位。"我说。

"请问喝点什么？"

"红酒。"

他得令而去。

想着维维安此时也许正一面喝着薄薄的稀粥，一面担忧我会不会不守承诺将她的丑事大白于天下，我不禁莞尔。

不过也难怪，像维维安之流的俗女，永远都不可能与我站在同一个高度思考问题。

从小到大，我对与我无关的事以及各类大小八卦就不感兴趣。对我而言，唯有此时此刻的阳光，美妙的音乐，新鲜刺身，蛋黄龙虾以及有腔有调的红酒才算得上是正经事。

10

周三黄昏，我妈忽然给我打电话，说在学校大门口等我。

她走的这些天，我们一直都没有任何联系。距离让我们重新考量彼此在心中的地位，我不知道她的答案，但我已经深知自己的。

我去的时候，她估计已经在那里站了很久。风很大，吹动她的长发，她只穿平底鞋，手里拎一个旧塑料袋，身后是一棵秋天的树，衬得她异常文艺。我常常想，我若是男人，定也为她失魂失魄，但我若是她，定能活得比她有滋有味上百倍。

见到我，她把手里的袋子递给我说："我从老家带回来的米糕，这可是你小时候最爱吃的。"

"后天不就回家了么？"我说，"还专门跑这一趟！"

"我怕不新鲜了，会少点味道。对了，我已经热过了，你直接就可以吃。"

"谢谢。"我拎过袋子，低下头。

她伸出手，轻轻地拍了一下我的肩膀："你还要上晚自习吧，那我就先回去了。"

"妈。"我叫住她。

"怎么？"

“没什么。”我说，“你慢点。”

她微笑，转身离去。我拎着那个袋子回到宿舍。宿舍里只有花枝，正在打电话，娇滴滴的声音与她那张脸反差太大，真是令人反感。我坐下，取出袋子里的饭盒，打开来，看到里面整整齐齐地放着八块白色的米糕，米糕上面，洒着细小的红色和绿色的果脯样的颗粒。看上去，它应该是甜的，但感觉有些硬，闻上去还有细细的酸味。

我回忆不出，这玩艺儿真是我小时候“最爱吃”的?

“什么东西，好像很好吃的样子呃！”在我还在研究的时候，花枝已经结束她的电话，凑过来跟我套近乎。她和维维安是劲敌，宿舍里另一个女生早就已经被她的各种糖衣炮弹争取过去了。昨天我亲眼看见维维安的睡裙不小心掉在地上，她俩熟视无睹地走过去，一人踩上一脚，就差再吐上一口口水。这等下作的伎俩，我都不屑于评价。

“喜欢吗?”我把饭盒往前一推说，“喜欢就拿去吃好了。”

“追你的男生送的?”她靠在我的桌子旁，用手直接拿了一块糕，快速地塞进嘴里，满意地一吞下肚。第一次离她这么近，我发现她还真是胖，脸颊上的肉怕是多一克都没地儿再放。

“你真有勇气。”我说，“胖成这样还敢吃。”

“不吃也胖，干嘛不吃！”她满不在乎地舔舔手指，然后凑近我耳边，神秘地说，“告诉你一个好消息，高三的超级大帅哥于伟铭，就是长得像冯绍峰的那个，他看上你了，让我帮他约你。”

“好消息？”

“难道不是吗？”她脑残地说，“等着和他约会的人都排到明年了。你要跟他走到一块儿，估计全校女生羡慕的口水能把天中的操场给淹了。”

“你说清楚，到底是羡慕我，还是羡慕他。”

她愣了一小下，然后猛推我一把，娇嗔地说：“哎哟喂，真看不出来，原来你口味这么重！”

我没接话，她又说：“就约在明天晚上，你觉得如何？”

“你这么热心，他给你什么好处了？”我问她。

她愣了一下答我：“不能要好处，那是我哥。”

“那我是你什么呀？”我反问。

“同学，舍友，姐们儿！”她一面飞速地换着答案，一面又吞下一块糕。我低头一看，真有她的，短短时间，八块糕已经被她秒杀了一半。

“你错了！”我把饭盒一把盖上说，“你给我记好了，你是你，我是我，咱俩，什么关系，也没有！”

听我这么一说，她的一张大饼脸立马僵在那里。过了好几秒钟，她才反应过来被我耍了，当即换了一副嘴脸，抬抬滚圆的下巴，对准维维安的床，邪恶地说道：“看来民间传说没错哦，你跟她，确实是已经滚过床单了吧。”

“是吗？”我看着她说，“还好不是和你，不然肯定活活被压死。”

“和我？”她算是被我彻底激怒了，扬声叫嚣起来，“你也不想你配吗？别以为你整天装清高就没人知道你的底细，外地来的乡下妞！”

我冷冷地看着她说：“给你三秒钟，道歉。”

她把我桌上的圆镜子扔到我面前，讥笑着说：“先照照你自己是什么货色。别说道歉，像你妈那样倒贴我也不要！”

我顺手拿起手边的饭盒，猛地就摔上了她的脸。塑料饭盒的边上，正好有一圈硬硬的毛边，从她脸颊的肥肉上划过，立刻留下了一道深深的血痕。她用手指一摸，沾到了血珠。不知道是不是那血点燃了她身上的兽性，她喉咙里发出可怕的嘶吼声，张开双臂，像一只熊一样恶狠狠地朝我扑了过来。我始料未及，只来得及退后一小步，被她重重地扑倒在维维安的床上。

“你不是想我压死你吗？”她喘着气说，“小裁缝的女儿，我这就成全你。”

她整个人压住我，双手还掐住我的脖子，令我身子无法动弹。不过天无绝人之路，慌乱中我的左手摸到了维维安放在床头的一本厚厚的书，我拿起它来，用书脊重击她的头部，一下，两下，三下……

她终于败下阵来，嗷叫着伸出手去护头。我连踢带踹，才从她肥胖的身躯下逃出生天。她则倒在维维安的床上，捂着她的头惨叫。

我扑到桌前，顺手就抽出了我笔筒里的裁纸刀。死肥婆，居然敢触犯我的底线，她要再不老实，我就给她来点真的。

晚自习的铃声尖锐地响起，与此同时，维维安拎着一瓶开水推门进来。

“离开我的床。”维维安说。

花枝没理她，继续哼。

维维安把水瓶放下，走过去踢她一脚说：“我叫你离开我的床，听到没有！”

花枝这才很费力地、摇摇晃晃地站了起来。只见她拖着她肥胖的身躯，回到自己的床上，拿起她的手机，打电话给她妈妈，呼天抢地地大喊：“妈，我在学校被同学打了，你快点来！”

有点事就抱老娘的大腿，她怎么不干脆滚回娘胎去吃屎!

我愤怒地把裁纸刀扔回笔筒，背上书包就去了教室。

那天晚自习，花枝一直都没有出现。晚上回到宿舍，也没见着她。维维安一直在忙着换她的床单，我刚戴上耳机听音乐，她忽然踮起脚尖，拿掉我的耳机，在我耳边说道：“你听说过‘碰瓷’这个词吗？”

我摇摇头，不懂她想说什么。

“最好百度一下，花枝家可是专业干这个的。”她说完，把头缩了回去。

我皱眉，心里升起隐约的不安。

第二天早读课还没上完，班主任在教室门口向我招手。

我们班主任是个老头，五十多岁，姓卓，是天中数一数二的语文老师，也是我见过的烟瘾最大的老师，每次给我们监考，他都要偷偷溜到门外去抽上几口。

“什么事我想你应该知道。”老卓说完，示意我跟在他后面。我随他一路来到办公室，进门就看见里面坐着一个悍妇，没花枝胖，但是块头比花枝大，也绝对比她结实。我当然知道她是谁。

“这是花枝的母亲。”老卓向我介绍说，“她要跟你谈谈。”

那女人坐在那里，只草草地看了我一眼，立刻把头歪向窗外说：“我跟她没什么好说的，我等她家长来。”

“先问清楚情况嘛。”老卓劝她，“为什么会打起来。”

“有什么好问的！”她拍着桌子，“我家花枝现在还躺在医院里，脸上的伤破不破相就先不说了，最重要的是有脑震荡啊！一个晚上头痛、头晕、呕吐，医生说还有后遗症！她有赔偿能力吗，这笔账，我不跟她家长算跟谁算！”

“我没有伤她，”我说，“她撒谎。”

“撒谎的是你！”那女人暴跳如雷，手指指到我鼻尖，“你的意思是她脑子坏了，自己没事拿刀割脸拿砖头敲头啊。我告诉你，我这里有医生的证明，学校不替我做主，我就告到法院去，是赔钱还是把你关进少管所，随你们挑！”

“我们赔钱。”说话的人，是我妈。我转头，就看见她站在办公室的门口。

“什么砖头，你别胡说八道……”我刚开口解释，她就做手势让我别说话。然后她走进来，一直走到花枝妈妈的身边，赔着笑脸对她说道：“真对不起，是我女儿太鲁莽了，我替她跟您道个歉。您要是有空的话，我现在就陪你去医院，孩子的身体最要紧，该赔多少钱，我们都认。”

“就是就是，有事好商量。”老卓赶紧打圆场说，“走吧，我也陪你们去医院看看，看看花枝的情况，咱们双方再坐下来协商也不迟。”

“就你这种态度还差不多。”和我妈比起来，那个肥女人就像一棵快烂掉的西兰花，但她依然趾高气扬地教训她，“像你女儿这样的，一定是宠坏了吧，我看得好好教育教育，免得将来给你捅更大的娄子！别说我没提醒你，到那一天，就算你有再多的钱，恐怕也收不了场哦！”

“知道了。”我妈谦卑地说，“我会管教她的。”

我站在我妈身后，觉得自己就像一颗憋到极致的充气弹，马上就要爆炸了。我叫了她一声，并伸出手从背后拉了她一下。她拂开我的手，语气平和地问老卓：“老师，您看阙薇能不能先回教室去上课？”

“可以。”老卓对我挥挥手说，“去吧。”

我站在那里没动，她转过身，不怒而威地对我说道：“你还愣着干吗？”

我们的眼神交汇了两秒，仅仅两秒而已，但我先移开了。因为我已经清楚地知道，她并不信任我。她如此委曲求全低声下气，最根本的原因就是，她从来都没有真正地信任过我。

我在她的眼里，永远都是一个没出息贪慕虚荣惹事生非不求上进的败家子。

当办公室的门在我身后自动关上的时候，我已经失去所有解释的欲望。

我们对彼此都非常失望。并且无法彼此救赎。

那个周末，我本没打算回家。并不是心虚，怕她责备，而是打心眼里不愿意跟她吵。我只是害怕彼此说出的那些难听的话，会让我们母女在“互相伤害”这条路上一路狂奔，越走越远，再难回头。

坏消息是放学前老卓带给我的。他说：“经诊断，花枝是轻微脑震荡，花枝家索赔五万，不然就去告，你妈的意见是尽量私下处理。”

“告我什么？”我不明白。

“告你恶意伤害。你要知道，在天中，遇到流血事件，重则开除，轻则处分。只一次处分，你将三年评不了三好生、优秀学生、优秀学生干部。同时失去的，还有考大学时保送、推荐、加分等诸多机会。”

“我不稀罕。”我说。

“你妈稀罕。”

“钱给了？”

老卓摇头说：“估计具体价格，还要谈一谈。”

我觉得我就快疯了，不就打一小架吗？她差点把我压死我还没找她算账呢！再说了，如果我们赔了这五万块，就等同于我承认我伤了她，我以后在天中一样混不下去！比起我的自尊和清白来，三好生算个屁呀！高考算个屁呀！所以，就算拼死，我也要阻止我妈这种送上门给“碰瓷”讹诈的愚蠢行为。

11

又下雨了，每到这个季节，这个城市就是这种没完没了的雨，下得人心里发慌。

下了公交车，经过她的店，店门关着。小木牌上“雀斑”两个字被风雨侵蚀，仅是依稀可见。我在那块招牌前停了一小会儿，无法细数来到这个城市已经有多少日子。我只是非常清楚地知道，自始至终，我都没有爱过这里。没有。

我用钥匙打开家门，思考该跟她说的第一句话。

“我没有做错事，为什么不相信我？”

“我可以转学，甚至退学，不要赔钱。”

“如果你一意孤行，我会用自己的方式来解决这个问题。”

……

可是，她不在家。打她的电话，又是该死的关机。

我在家里转了几圈，烧了一瓶开水，泡了一碗方便面吃下，强迫自己镇定下来。但是我很快发现，我开始有点心慌。并且，这种心慌漫漫淹没了我内心的愤怒，让我无法控制地去想以下问题：她是不是正在跟花家谈判？她会不会被那家人欺负？她会不会已经对我失望透顶？

夜里十一点，我终于听到开门声。我从沙发上站起身，看到她推门进来，雨水淋湿了她的头发、衣服。她神情疲惫，但脾气尚好。换完鞋，温和地问我："你吃饭没？"

"方便面。"我说，"你呢？"

"对付了一点。"她说。

我到卫生间，取了浴巾给她。她接过去，揉了半天头发，这才对我说道："花枝的事解决了，放心吧。"

"你赔钱了？"我心都跳到嗓子眼。

"没有。"她说，"就给了点医药费，不多。"

我松一口气，原来她并不像我想象中那么软弱和无知。

"对不起。"我真心道歉。

她把毛巾放下，倒了一杯热水捧在手里，这才坐下对我说道："小薇，我希望你能从这件事中汲取教训。以后要学会控制自己的脾气，不管发生什么事，尽量不要跟别人起冲突，更不要动手。我们这样的普通人家，能读上天中已经是幸运，遇上点事，拼经济实力也好，拼后台也好，咱都拼不过人家。你懂吗？"

她忽然像换了一个人，我还真有些摸不着头脑。

"她妈妈那么凶，怎么肯就这样轻易算了？"我还是有点不相信。

"多亏维维安愿意帮忙做证，证明是花枝先动手，你只是自卫。再加上维伯伯还有点势力，卓老师也从中周旋，好说歹说才肯让的步。"

竟是这样。

"小薇。"我妈看着我，停了好几秒，这才艰难地对我说道，“有件事，妈妈想跟你说一下。”

又来了。

虽然还不知道是什么事，但我敢肯定的是，这是一件大事。只有在跟我宣布大事的时候，她才会是这样的表情。

“你说吧。”我已经做好准备。

“我要结婚了。”她说。

“嗯。”我屏住呼吸问，“和谁呢？”

“你维伯伯。”她说。

果不其然。

我没好气地说：“不是因为这个他们才肯帮忙的吧，真是的话，也太夸张了点。”

“怎么会？”她说，“你维伯伯跟我求过很多次婚，我一直没答应。”

“那这次为啥改主意？”我逼问。

“我表哥死了。”她说，“就在我回老家的前一天晚上。因为不想拖累家人，他选择了自杀。他就比我大两岁，我爸妈死得早，我跟着姨妈过，他一直照顾我，有什么好吃的都让给我。还记得你爸爸生病那一年，他卖掉了结婚钻戒给你爸爸治病，活活把他老婆气走了，改嫁了别人。后来他就一直单身，好不容易娶了一个乡下老婆，对他也不好，整天就知道打麻将，孩子也没给他生一个。回来的火车上我慢慢想明白了，人生苦短，好多事说变就变，好多人说走就走，珍惜眼前很重要。更何况妈妈没什么本事，给你一个安全有保障的成长环境，是我必须做的。”

“你的意思，你结婚是因为我？”我有点迷糊了。

“也不全是。”她扶额说，“我累了。”

听她这么一说，我低下头，眼眶里忽然就涌出了泪水，经过这么多年，她终于放弃了她的倔强，但我为什么没那么开心？难道是因为，这姗姗来迟的一天对于我早已经失去了该有的意义？

“打算什么时候？”我问她。

“下周。”她说，“没有婚礼，也就是去民政局登个记，周五晚上，请上个一两桌，都是平时生意上的朋友，算是做个见证吧。然后，我们会出去旅行一圈，再回来。”

这就是传说中的“闪婚”吧，还真是够快的。

“你打算怎么安排我？”事已至此，我只能直接问她我最关心的问题。

“这个房子会卖掉。咱们住到维伯伯家里去。他家很大，你可以有自己的房间。我想你会很快习惯的，反正大多数时候，你也是住校。”

我叫起来：“你的意思是，我以后要住到维维安家里去？！”

“有什么不好吗？”我妈说，“你俩是同学，朋友，正好可以互相帮助，互相照顾。”

“你怎么知道人家愿意跟我互相帮助互相照顾？”我觉得我就快疯了。

“小安没表示反对。”她说。

已经改口叫小安。很好，原来什么都商量好了，只等给我一个通知。

我站起来，在房间里来回走动，我也不知道我要干什么，我把桌上的杯子拿起来，没喝一口水，又放回去。我脑子里在飞速地运转，消化她带给我的这件可笑的事实。是的，事实。我相信她没有给我开玩笑，她要结婚了，她要卖掉这个房子，她要让我从此寄人篱下，她脑子不是被门挤了便是被马踩过了！

“小薇，你冷静点。”她试图拉我坐下。

“我没法冷静！”我说，“这样，你嫁你的，你把这个房子留给我，每个月给我生活费，我自己一个人过。”

“别说气话。”她制止我。

“不是气话，反正这个房子迟早也是我的，我只当早一天继承了遗产。”

她一个重重的耳光甩到了我的脸上。

我没有哭，也没有尖叫。我甚至一动不动。我早料到是这样，这正是我想要的结果，我觉得她打得还不够重，应该再狠一点，拳打脚踢，恶语相向。因为越是这样，我离开她的决心才越是坚定。

夜里十点多钟，我在西落桥边的酒吧街顺利地找到了刘翰文的摩托车。

初中的时候，每天上学放学，西落桥是我的必经之地。这里原来是一个垃圾场，散发着刺鼻的臭味。现如今，桥的两边已经被打造成了著名的“酒吧一条街”。每到夜晚，灯红酒绿，成为这个城市年轻人聚会的最佳场所。

据我所知，刘翰文最大的爱好，就是每晚躲在这里跟人“炸金花”，输了就回家睡觉，赢了就带一帮人去吃吃喝喝，一直玩到天亮才散伙。

没耐心一家一家慢慢找他，我用了最简单的办法，对着他的车猛踹一脚，那辆怪车立刻发出呜呜的警报声，响彻整条小街。刘翰文果然很快现身，见到是我，他显然很兴奋，但依然佯装冷酷，靠在酒吧的门边，向我招手。

我走到他面前。他吸吸鼻子，高兴地说："就知道是你。"

"为什么？"我奇怪。

"你问问这条街上的人，除了你阙薇小姐，还有谁敢用如此特殊的方式召唤爷？"

"看见你的车，问候你一下。"我说。

他失望地说："我还以为你想我想到不能呼吸，特意为我飞奔而来。"

"这个想象嘛，"我笑着说，"也勉强可以成立。"

他笑了，从口袋里掏出一只笔，咬开笔盖，摊开掌心说："换电话了吧，来把号码写给我。"

我把那一串数字写在他手心，他拿出手机，将其储存。然后满意地问我说："良辰美景，你想干点什么？"

"随便。"

"那你让我随便你么？"他像色狼一样地眯缝起眼睛问我。

我说："看你表现。"

他笑得暧昧而得意，伸出手，毫不含糊地搂住我的腰，一把将我揽到他怀里去。雨又开始下，夜色迷离。我仰起头，与他四目对视。今夜我铁了心要放纵我自己，谁也无法将我阻拦。一定是我眼神里的某种讯息准确地传达给了刘翰文，他趁势俯身过来，我伸手挡住他，低声说：“不是在这里。”

他心领神会，拉我走向他的摩托车。双手环抱住他腰那一刻，车子已经启动。我们驶过西落桥，转向最繁华的大街，最终在一家KTV前面停住。领班恭敬地迎上来，他拉着我的手，我则低着头，与他一起飞速地穿过乐声嘈杂的大堂。两分钟后，我们已经坐在其中的一间VIP室。

“我二姐开的店，”他说，“这间是我的常包间，我要不来，也没人敢用。装修有点土，但是没办法，我二姐说，这地方的消费者就这个品位。”

服务生很快送进来酒、饮料和小吃，啤酒一一打开，在桌上排成一小排。包间里很热，我脱了外套，自己拿了小瓶的嘉士伯开饮。刘翰文看看我说：“想唱什么，我替你点。平时我要是心情不好，一般会跑来这里喝点酒，瞎吼两嗓子，就快活了。”

“那想必你带维维安来过喽？”我说。

“来过！”他毫不避讳地承认，不过又很快撇清关系说，“她是我二姐的小跟班。”

懒得拆穿他，所以我保持沉默。

“你如果有足够的自信，就应该相信我的品位，不会乱来。”屏幕上是我不认识的女歌手，在唱一首哀怨得要了命的心酸情歌。刘翰文一面说一面不露声色地坐得靠我近了一些，手直接放到我肩上来。我闻到他身上混夹着酒精、雨水以及荷尔蒙的少年气息。我知道他不怀好意，但我真的无所谓。

我真的，从未有过一刻，像现在这样觉得，无！所！谓！

让所有该来的都来吧，从今夜起，我要堂而皇之地为自己活。

“亲一下。”他求我说，“就一下。”

“Cheers！”我用啤酒瓶碰他的鼻子。

“No, No, No.”他推开瓶子说，“先kiss，再说Cheers！”说完，他的唇已经迅速地碰上了我的。

我没有推开他，反而抱紧了他。这一刻，世界变成了一片汪洋大海，我就是大海中心那个孤独的溺水的孩子。没有人懂得我的恐惧和忧伤。我只是急于要抓住点什么，哪怕只是一根稻草，也不致于全军覆没。

得逞后的刘翰文满意地喝下一整瓶酒。也许是觉得气氛不够，他拍拍我的脸颊说：“我给你唱首歌吧，用我的拿手曲目向你表白！”

“……我爱台妹，台妹爱我，对我来说，林志玲算什么。我爱台妹，台妹爱我，对我来说，侯佩岑算什么……”他唱着唱着已经自动改词，“……我爱阙薇，阙薇爱我，对我来说，林志玲算什么。我爱阙薇，阙薇爱我，对我来说，侯佩岑算什么……”

他一面忘情地唱着，一面在我面前竭尽所能地扭动着大猩猩一样的身子。当他唱到：“yo yo把手放在空中甩，我叫你什么都不用管，让我看你把手放在空中甩，把衣服都掀起来，把衣服都掀起来……”我笑到眼泪都快流出来。他用力把我扯起来，让我跟他一起疯。极度的摇摆中我已经忘记了我是谁，我听到自己的笑声，尖锐又刺耳，我们的身子贴得很近，我的胳膊吊到他的脖子上，他的口水喷溅上我的脸，空气里让人疯狂的因子在音乐里极速弥漫，占领着我们的大脑和神经。最终，刘翰文扔掉话筒，直接把我压到了沙发上。

"I need you，baby！"他用沙哑的声音说。

我看到天花板上那乡土味的装修和近在眼前这张令人乏味的脸。忽然想，我这是在哪里?

音乐停了，突然的寂静拯救了我最后的理智。

"不。"我说，声音变形得吓了自己一跳。

"Why？"他喘着气。

"你都还没有追求过我。"我若无其事地推开他，起身笑着说，"想想看，你都没为我送过花，没给我写过情书，没在约会时为我等过失恋时为我哭过，我就这样成了你女朋友，岂不是太便宜你了。"

"操！"他不甘心地骂，"那都是小屁孩才干的事。"

"你不愿意，就说明你不够爱我。"我急中生智，把话题上升了一个高度。

他果然中计，坐到一边，扯扯他的衣服，手握一瓶酒，清清嗓子对我宣布说："姑娘，你让我发现一个崭新的我，一个坐怀不乱、道德高尚、极富正义、脑壳有病的新我。好吧，你给我等着，从明天起，我就开始正式追求你，我追不死你，我也要求死你！"

我微笑，与他碰杯。

"喝多少？"他问。

"这个不给力，换香槟。"我说。

"So good！"他拥抱我。

瞧，这世界已经坏成这个样子，丢失初吻的亲爱的姑娘，今夜，就让咱们不醉不归。

12

清晨挣扎着醒来，头痛欲裂。

昨夜到底喝了多少酒，我已经不记得了。我揉揉眼睛，不敢相信沙发上那些高高低低的酒瓶真的全都是我俩的杰作。

刘翰文像一只四肢伸展的乌龟一样占据了沙发的那一头，因为沙发不够宽，所以他有一只脚和一半的身子垂在地上。保持着这般高难度的姿势，真难为他还能睡得如此之香。我走过去踢他一脚说："我要先回去了。"

他含糊地唔了一声。

"给我钱打车。"我说。

他伸出一只手，在裤袋里掏出钱包，直接扔到地上。我捡起来，看到里面有一大叠百元大钞，我顺势抽了一叠，也没数，塞到口袋里就走出了KTV。

秋天早上的凉风，刮在脸上还蛮冷的。我把卫衣的帽子拉起来，刚走两步就听到身后有人叫我："阙薇。"

是我妈。

我转头看到她，她穿得很厚，脸上的黑眼圈显得特别的重。不过我刚刚走出来的时候肯定没见着她，不知道她是躲在哪里，更不知道她在这里已经站了多久。

只是，我心里头刚刚涌起的内疚很快就被她酸溜溜的言语所打破。她说："原来你真的在这里。"

什么叫原来?

我没理她，继续往前走去。

她跟上来拉住我，语气严厉而低沉地说："跟我回家，我要和你好好谈一谈。"

"谈什么？"我问她，"你的婚纱，你的婚戒，你的继女，你的新老公，还是你想和他去环游的世界? 可是，这些跟我有毛关系！"

她不理会我的粗鲁和无礼，只是死死地拽住我不放。此时，此地，此场景，在所有的外人看来，她都是那一个盼着"问题少女"回归正途的苦逼慈母。只有我自己知道，不是这样的，不是。因为从她的眼底，我看到的不是爱，只是容忍，我最讨厌和最不能忍受的那种容忍。

既然都已经忍够，又何必苦苦强求?

我甩开她，飞奔到路边打了一辆车，车门很快关上，在她追上来的时候，我只来得及对她轻吐出一句话："祝你新婚愉快！"

她跟着跑了两小步以后，僵立在路边。我透过慢慢摇上的车窗看着她前所未有的潦倒状，心里头涌起的竟是一种莫名其妙的快感。

我早就该这样做了，不是吗?

"去哪里？"司机问我。

"不知道。"我说。

他一个急刹车：“开什么玩笑，不知道你上车干啥，下去下去！”

我从口袋里掏出两百块钱递给他说：“大清早的，脾气别那么大，表跳到两百块的时候再叫醒我。”

说完，我拉紧外套，靠上椅背闭上了眼睛。

车子很快就重新启动了，我唇边浮起一丝微笑。不得不承认，有时候金钱确实是最好的东西，它不会背叛你，永远诚实地为你服务，给你限时的安稳，定额的幸福。

我爱它。

我在车上做了一个冗长的梦，男主角是刘翰文，他带着我在一条迷宫样的长巷里奔跑，周围是很大浓雾，跑着跑着，他忽然松开我的手消失不见，只余下我一人。只是倾刻间，浓雾散尽，而我仅穿着内衣，可耻地站在大街中央。

耳边喇叭响，我惊醒过来，额头上全是汗珠。往窗外看去，猛然发现出租车就停在我家不远处，司机也不见踪影。

难道是我妈找到我了?

我正在思量，司机拉开门坐进驾驶室，嘻嘻笑着对我说：“你醒了? 不好意思，刚刚我看热闹去了，前面一家服装店，一夜之间被人搬了个精光，连个衣架都没留下，听说店招牌也给人家摘了，真是邪门，不知得罪了何方神圣。”

我大惊：“哪家？”

“就那家叫什么‘雀斑’的……”

他话没说完，我已经拉开车门，一路狂奔到我家店门口，只见那里还围着三三两两的人在议论纷纷。店门大开，里面果然空无一物，更不见她的踪影。

我连忙拉住其中一个眼熟的问："我妈呢？"

"不知道。"她说，"刚刚还在。"

我转身飞奔回家，爬上楼，还没打开房门，就听见她在里面和维维安爸爸说话。她说："我都说过了，不用报警。衣服没了就没了，也不值几个钱。"

"爱玲。"维维安爸爸说，"你是不是有什么事瞒着我？"

我妈只是沉默。

"我们都快是一家人了。你有什么烦恼，不能让我替你分担的？也不是我夸海口，在这个小地方，还没有我维大同搞不定的事。谁要是敢欺负到你头上来，我一定让他吃不了兜着走！"

"你让我安静一下，好不好？"我妈求他。

"好吧。"维维安爸爸无可奈何地叹息说，"我约了人，要迟到了。你休息一下，我下午再来。"

他走出门，正好看见我。但是他没说什么，只是点了一下头，就拿着他的包急匆匆地下楼了。

我推门进去，看到我妈坐在饭桌旁发愣，见到我，她故作镇静地说："你回来了？"

"是谁干的，为什么不报警？"

"我不想惹麻烦。"她说。

"是不是花枝家？"

"应该不会，那事解决掉了。"

“难道是维大同的另一个情人？”我开始发挥我的想象力。

“没有的事！”她烦躁地说，“也许就是有谁喜欢那些衣服，拿去就拿去好了，不追究了。”

“别骗我了，喜欢衣服就拿衣服，为什么电脑、饮水机、衣架，甚至连半根拖把都没给你留下！”我走到她面前，看着她眼睛问：“你跟我说实话，你是不是欠人钱，人家才抢你的货抵债？”

她呵斥我说：“好了，停止瞎猜！兴许是房东吧，她一直要求加房租，我没肯。”

呵，她就当我是傻子。

“先不想了，”她说，“我昨天一夜没睡，脑子乱极了，现在我必须得睡一会儿。中午你自己弄点吃的，有什么事等我睡醒了再说。”

说完，她推开门进了她自己的房间，没再出来。

中午时分，维维安来了。她手里拎着两个很大的保温饭桶，用公事公办的口吻说道：“我爸让我给你们送点吃的过来，左边这个是饭菜，右边这个是鸡汤。他本人在见客户，走不开。”

一看她那表情，我就知道她是黄鼠狼给鸡拜年，没安好心。所以，别说“谢谢”了，我连个表情都懒得给她。她倒是不介意。见我不接，就自顾自地走进来，把饭桶往桌上一放，问我：“阿姨呢？”

阿姨？叫得还挺亲热的。她也真是够能装的。

“我以为你早改口叫她妈了。”我讥讽地说。

“我倒是想啊。”她说，“不过不是下周五才结婚吗？没到尘埃落定那一天，我也不好乱开口，你说那多没礼貌啊。”

话中有话吧。我才没我妈那么天真，相信什么“小安也没表示反对”之类的屁话。她要是愿意我妈分走她爸一半家产，愿意让我从此盘踞她家一个房间，愿意低眉顺眼跟我在一个屋檐下吃喝拉撒，我就把头砍下来给我妈当球踢。

她望着我妈紧闭的房门说：“鸡汤是我爸特意让饭店现熬的。阿姨是在睡觉吗？叫她起来吃点吧，不然该冷了。”

不知道为什么，她过度的关心让我陡生疑问，凭着某种奇怪的直觉走近她，我低声问道：“是你干的吗？”

“你说什么？”她天真无辜的样子让我更坚定心里的猜想，索性不再与她绕弯子，“你找人搬光了我妈的铺子，就是为了给她点颜色看看，达到阻止她跟你爸结婚的目的，是不是？”

“怎么，你很想他们结婚吗？”她问我。

“我就算不想，也不会用你这么卑劣的手段。”

本以为我这么一说，她会恼羞成怒hold不住跳起来，谁知道她一点也不生气，反而不急不慢地回答我：“承蒙抬举，你电影看多了是吧，我要真有那本事，还读什么书，还不如直接搬走一家金店，躺在家里吃吃喝喝也足够了，那该有多爽。”

“坏人终将被惩治。”我说，“不着急。”

“可是，”她反过来质问我，“你不觉得你妈不肯报警这件事很奇怪吗？我还真想知道，她要保护的人到底是谁，难不成是家贼？”

这一回我没打算饶她。口没遮拦的，简直欠教训。我一个转身，快速地伸出手，直接掐住了她的脖子，她的脖子又细又长，握在手里手感挺好。她这人不知道是吃什么长大的，身上真是一点力气都没有，挣扎也毫无力度，只会徒劳地伸出两只手在空中乱打，像一只被打了毒针的小鸡。只怕我再使上点劲，她真的会随时没命。

“警告你，别惹我。否则我哪天真的一把把你掐死了，也没人知道是我干的。”说完这句，我松开了手。她用力推我一下，然后蹲在地上，拼命咳嗽。咳了好一会儿，她慢慢地站起身来，揉着她的脖子哑着嗓子语重心长地教育我：“花枝她妈说得没错，你果然是有暴力倾向。早知道你改不了，我就不应该帮你，给你吃点教训。再说了，你对外人那样凶就算了，没几天，我可就是你妹妹了。你说你一个做姐姐的，对妹妹这个态度可怎么好？”

“滚。”我指着大门口。

她白了我一眼，终于慢慢地退到门边，拉开门走了出去。我不解恨，飞快地拎起她带来的两个饭桶，啪地一下扔到她的身后，谁知道她安的是什么心，里面的汤有没有毒都说不定。

她这回身手倒是快，转个身一把用脚挡住两个咕噜噜滚的饭桶，并淡定地把它们拾起来。对着我微笑了一下，礼貌地一弯腰：“姐姐，再见。”

我见过犯贱的，真没见过这么犯贱的。本来应该伸出拳头，对着她的小尖鼻子狠狠揍上一拳，揍得她脸蛋开花才是。

但是，小不忍则乱大谋，我明白自己刚才已经失态，不能再上她圈套。于是乎，我也迅速地在脸上堆出一个笑来回敬她，并从牙缝里温柔地挤出四个字："慢走，不送。"

哼。跟我玩，她还嫩了点。

13

我从来都不觉得，我是一个好人。但与此同时，我当然也不觉得自己是一个坏人。再说了，好人与坏人又有什么明显的分界线呢，在那些光鲜的外表后面，未必就没藏着一个肮脏的灵魂。懂得在辨识别人的同时伪装自己，应该才是一个真正的聪明人吧。

我庆幸自己还算是一个聪明人，所以才有赢到最后的自信。

兴许是昨晚的酒精还在我体内起着作用，我觉得身子轻飘飘的，人不太舒服。于是跑到卫生间洗了个澡，等我洗完出来，我妈已经醒了，她对我说："你维伯伯马上过来接我，我们要去趟省城。你要是一个人在家里无聊，可以先去学校，到图书馆看看书也好。"

"我跟你一起去吧。"我故意说。

"我周一才能回来，你不是要上课吗？"

"去干吗？"我问她。

"买点东西啊。"她说，"你维伯伯坚持要换新的家具家电什么的，我陪他去挑挑。"

呵，看来这次她是来真格的了。什么时候开始结婚对她来说也是这么轻易就能决定的事了？事已至此，我也就真的没什么好讲的了。

临走前，她留下几百块钱。附赠的照例还是那一句："不要乱花。"她出门没多久，我从包里掏出电话来，发现刘翰文已经给我打了十个电话不止。因为电话调到无声，所以我没听见。同时还有他一则短信："限你半小时内回电，不然出了人命你负责。"

我看看时间，离他最后一次打电话已经超过一小时。其实我很累，但累的同时也很空虚。我在心里来回掂量了一下这两者，最终把电话拨了回去。

"此人已死，有事烧纸。"他明明很高兴，却还是在电话那头怪声怪气地捉弄我。

我懒懒地说："注意了，诈尸犯法。"

他哈哈大笑："今天是我二姐生日，她心情好，又把车子借我开，五点半钟我来接你去帝豪参加她的生日party。"

"不去，讨厌人多。"

"喂，维维安也去的。"刘翰文说，"你总得给我个机会证明我跟她之间是清白的吧。"

我脑子一转，问他："那你会不会当她面对我好？"

"那必须的。"刘翰文说，"奴颜媚骨，竭尽所能。"

"五点半。"我笑着说，"你那车太显眼了，别停小区门口，就在路口超市前面那个停车场等我，我自己走过去。"

"太ok了。"他说。

帝豪酒店是我们这里唯一的一家五星级酒店，以前都是从外面经过，我还从来没有进去过。挂了电话，我首先考虑的是，我今晚得穿什么衣服，忽然就想起去年我妈曾经照着一本日本的时装杂志做过的一件裸色小礼服，维多利亚式的小束领，公主袖，裙子上衣部分布满了甜美的蕾丝勾花，腰间有手工缝贴的亮片，低调的裙摆又让其张扬的气质收敛得恰到好处。那应该是她最成功和得意的作品吧，成功到她一直舍不得卖而私存起来，笑说要留给我结婚的时候穿。

对，今晚就是它了。

我走进她的房间，这是我们曾共同住过三年的房间，家具很少，就是一张床，一个衣柜，一个梳妆台和两个床头柜。我没有乱翻她东西的习惯，她也没有。从这一点来讲，我们一直很懂得彼此尊重。我的衣服搬走后，衣柜里的衣服很少了，两床冬天的棉被占了很大的地方。在柜子的最底层，我很容易地找到了那条裙子，拿起裙子的时候，发现了一个布袋子。我好奇地蹲下身子，打开布袋，从里面掏出来一个相册。那是一个用布缝的相册，不用讲，肯定是她手工做的，我还敢肯定的是，全世界再也找不到第二个一模一样的这样的东西。相册封面也是布的，上面绣着两个小小的字，跟她店的名字一样，叫“雀斑”。

相册里所有的照片，都是她和池振宸那一次在海南拍摄的。这恐怕是她一生中拍照最多的一次了吧。我认真地，一张一张地翻过去，才发现那时的她真的是美，眼里眉间的幸福，这些年在她身上再也没见到过。这个特别的相册，差不多有五十页吧，仔细看，才发现每一页都绣上了不同的小花，还有三个小小的字母：CZC。

我合上相册，心里像滚过一股高压电，无法承受的种种重击。

果然不出我所料，她逃跑也好，她闪婚也好，可是她压根就没有忘记过他。那些小小的字母，每绣一针，心里都会有刺痛滚过的吧。我把相册放回原处，感觉我的心尖也像被一根细细的针给挑破了，流了点血。真不敢想象，深夜的她，是如何将今生再不能相遇的痛楚和遗憾，一针一线地织进这些永远不能磨灭的记忆影像里。

既然心有所属，为何又要嫁一个不爱的人?

到底什么是爱情? 到底有没有爱情?

不管这个世上有没有爱情，我都宁愿自己一辈子也不要靠近这个叫作“爱情”的鬼玩艺儿。因为它对于我而言，真是太不实用了。

看到刘翰文的时候，我们互相吃了一惊。他居然穿了西服，头上打了发蜡，看上去人模狗样。他弯腰，替我拉开车门。我刚坐进去，他就递过来一瓶香水说：“我记得你昨天抱怨我没追过你。这是我刚去买的，CHANEL COCO小姐，觉得很配你。特别是今天这一身。”

我没拒绝，而是欣喜地接过，当着他的面，手腕、耳后均洒上一两滴，扬起头问他：“好不好看?”

他说：“你难道不是应该问香不香吗?”

“我问你我好不好看?”

“阙小姐。”他盯着我说，“你明显在引诱我犯罪。”

"不能给你丢脸嘛，"我遗憾地说，"只可惜没时间去买双更合适的鞋。"

看了一眼我脚上的旧皮鞋，他爽快地说："哥带你买去！"

车子经过商场，他果然停下车，掏出钱包，递给我一张信用卡说："这里不能停车，我就不能陪你进去了，万一车被蹭了，我二姐能跟我拼命。喏，这是卡，你看到喜欢的鞋，随便买。没有密码，也没有限额，但有时间限制，二十分钟，不然我们要迟到了。"

我拿着卡进了商场，直接坐进一专柜，对售货小姐说："配我这条裙子的，都拿上来给我试一下，谢谢。"

她前后拿来五双，最后我选的是最贵的那一双，银色的，水晶跟，不算高，四周依然镶了细钻，灰姑娘的感觉很浓烈。

打完折才三千块不到，真是便宜他了。

和刘翰文到达酒店的时候，正好六点。他将车交给门童代泊，牵着我的手步入酒店大堂。大堂里有种若有若无的香味，沁人心脾。我们进入电梯，直升三楼的宴会厅，电梯打开来，立刻有礼仪小姐笑脸上来迎接："欢迎光临刘小姐的生日会。麻烦到宴会厅门口签字，拿号可以抽奖。今晚是自助餐，请随意享用。现场有演出，希望你们喜欢。"

刘翰文带我走进大厅，介绍我跟他二姐认识。他姐姐不算特别漂亮的那种，圆脸，微胖，但气质亲切，人也爽快。上下打量我一下问我："衣服真漂亮，哪里买的，什么牌子？"

"不是什么品牌，我妈上次去日本，她一个设计师朋友给我做的。姐姐要是喜欢，下次让她也给你定做一件。”

“会不会聊天啊，谁让你一上来就夸衣服，重点是夸人。”刘翰文骂。

他二姐大笑说：“好吧，小五我承认，这是你最有眼光的一次，以前那些全加起来再平方两次，分数也没这个高哦。”

“胡说。”刘翰文不领情，“就你这种没文化的，才会把钻石和胡萝卜放一起类比。”

“怎么你是兔子吗？”我问刘翰文。

他二姐高兴地说：“看出来了，这姑娘不仅会讲冷笑话，还能治你。”

“可不？”刘翰文搂住我，“一边讲就一边把我给治了。”

“喂，对了，告诉你一件事。”他姐伸出两根指头，毫不避讳地当着我的面扮花痴，“今天，我二十二岁。在电梯里遇到一个男人两次，而且，他就住在这里的二十二层！在这人生最二的一天，你说上帝是不是看我可爱，非要从天上掉个帅哥下来活活砸死我？”

“那你赶紧表白啊。”刘翰文说，“住店客人，可是说go就go。”

“还要你提醒！”他二姐得意地说，“我早就让人到他房间去，塞了小纸条，邀请他来参加我的生日会，想想都好期待啊！”

“那没戏了。”刘翰文说，“你要输就输在太过于自信，关键时刻塞什么纸条，应该塞金砖，直接拍晕他。”

“我们赌多少？”他二姐问。

“今天不赌。”刘翰文说，“告诉我房间号，我找人绑了他来，当做生日礼物送你，不就完了？”

“切，你不懂浪漫！你伤害了我的骄傲。”他二姐啐了他一口，飘走了。

刘翰文指着她的背影对我说：“看看看，女人一老就不值钱了，追帅哥倒贴都没人要，还容易变态。你可别学她，要懂得珍惜眼前人哇！”

“多谢赐教。”我皮笑肉不笑地说。

没过多久，主持人就宣布生日宴会正式开始了。刘翰文的二姐上台致了欢迎辞，台上有人在弹奏钢琴，穿白色长裙的姑娘，长发，背影婀娜，这气质正是我喜欢的那种。LED的大屏幕上，滚动的是他二姐的各种照片，从童年一直到少年，再到青年，各种游玩，各类朋友，真是活色生香。

我心生羡慕，只因从没有过如此豪华的生日。

“你什么星座？”刘翰文问我。

“金牛。”我说。

仿佛看穿我的心思，他忽然说：“明年此时，我给你搞个更隆重的party，如何？”

“明年？”我淡淡地说，“也许到那时候我就出国了，我在美国的叔叔一直希望我能过去那边念高中，就是我妈舍不得我。”混杂着人声和音乐声，我的大脑也开始不受控制地说着连我自己都信以为真的灰姑娘传说。

“那也没事啊。”刘翰文丝毫不怯地说，“咱就去美国搞。”

谎言无效，我一时竟不知道该如何回应，眼光只好尴尬地飘向舞台，琴声已停，刘翰文的二姐正与台上弹琴的女生亲密拥抱，女生的脸这回正对着我，巧笑嫣然，我这才看清楚，她竟是维维安！

主持人说："谢谢，谢谢美丽的小安用她美妙的琴声为刘波小姐的生日宴会增光添彩。接下来，她将再为大家演奏一曲今天的寿星最喜欢的曲子——《情书》主题曲*A Winter Story*。"

掌声响起来，音乐从维维安的指尖倾泻而出，屏幕上是藤井树仰望天空的侧脸。记得初中的时候，有个男生非说我长得像藤井树，缠着要我看这部电影并送我DVD。看完电影后我最大的感触并不是情节，而是我从此得出了一个结论——每个男生的眼睛都有问题。如果他喜欢你，你就和世上所有的美女相像；如果他不喜欢你，你哪怕长得像世上所有的美女他也不会有感觉。

刘翰文拍拍我的手说："我陪你去拿点吃的。"

"我得先去下洗手间。"我说。

我站起身来，独自走出人声鼎沸的宴会厅。我问侍应生洗手间在哪里，他指给我方向。我匆匆地走了几步忽然发现，其实我根本就不是想去洗手间，我只是想逃离那个地方罢了，高跟鞋弄痛了我的脚后跟，这盛大的生日party刺伤了我潜藏至今的自卑，让我无处可躲。我不得不承认，人与人之间生来是不平等的。有人天生是公主，有人想做灰姑娘都是奢望。

我恨不得能有个角落把小丑一样的自己藏起来。这都是什么时代了，除了我这个超级大白痴，还有谁会相信灰姑娘的童话？

是的，没有生日蛋糕，没有party，没有钢琴，没有白色的纱裙，没有名牌，没有掌声，没有王子。从来没有过。

阙薇，天色已晚，洗洗睡吧。

14

我在洗手间足足呆了有二十分钟。

那个洗手间很宽敞。马桶很舒服。我一直都希望能拥有这样一个马桶，但我妈说，像我们那种老式的房子，水压跟不上，再好的马桶也没有用。我坐在马桶上想了很久，终于想明白了是什么给我的挫败感——是那些轻薄的脱口而出的谎言，什么日本的设计师、美国的叔叔……我从未如此地不自信，又从未觉得自己的贫穷是如此赤裸裸，这简直让我看不起自己。

还好，我还有保持个性的最后一招——默默离开。

想明白后，我从洗手间里走出来，我知道穿过走道左拐是电梯，那里正对着宴会大厅，搞不好刘翰文就等在那里。不过我惊喜地发现，就在我的右前方有一扇门，那里应该是楼梯。我如果从这里下去，应该神不知鬼不觉。就在我快走近那扇门的时候，对面匆匆忙忙走过来一个穿格子衬衫的男生，他一边走一边在看手机，走得又很快，应该是没注意到，竟然狠狠地撞到了我。

"对不起，对不起。"他连声说道。

我们四目相对。我忽然觉得他很眼熟，但不记得是在哪里见过。他个子很高，正用左手举着手机，问我："有没有撞到你？”

他的脸离我很近，关切地看了我一眼，只那一眼，我整个人就像被电击中了，浑身发颤。

是他吗？

不可能。绝不可能！

他一定是被我的表情吓到了，所以，他只是对着我抱歉地微笑了一下。然后就走到我前面，直接走进了男厕所。

我靠在墙边，好不容易才按住自己的心跳，逼自己平静下来——他此时此刻出现在三楼，肯定是来参加这个生日宴会的。如果真的是他，他为什么会出现在这里，又怎么会认不出我？如果不是他，这个世界上怎么可能有两个人，长得如此之像？

池轩。我在心里轻轻地叫了一声，像是有一面蒙尘的镜子，忽然被回忆的抹布擦得透亮，照得我整个人都热血沸腾了。

我忽然改变了主意，我决定不走了，留下来搞清楚状况。

两分钟后，我重新进了大厅，刘翰文早已经体贴地给我弄了一大盘吃的，埋怨我说：“怎么这么久，你要再不出现，我就要请保安去搜女厕所了。”

“可能是受凉了，肚子有点不舒服。”我佯装应他，但眼睛一直都盯着大门口。

“那生的别吃了。”他叫住经过的一服务生说，“把这些统统拿走，去给这位小姐拿块西冷牛排来，记得要全熟。”

“谢谢。”我说。

“你怎么心不在焉？”他盯着我说，“发生什么事了吗？”

“没有。”我说，“就是刚刚接了我妈一个电话，她不高兴我现在还在外面。”

“那关机呗。”他笑着把牛排一口塞进嘴里说，“今晚才刚刚开始呢。”

没过多一会儿，果然看到那身影的出现。格子衬衫，只是手里多了一束鲜花。我看到刘二小姐飞奔过去，开心地挽住他。小跟屁虫维维安，接过了他手里的花。

“那是谁？”我装作不经意地问刘翰文。

“没见过。新相好吧。”刘翰文说，“搞不好就是那个二十二楼的房客。”

“二姐可真是心想事成啊。”我说。

“不过逢场作戏。”刘翰文不放过任何一个表白的机会，“可是我们不同，我对你绝对是认真的。”

“你喜欢我什么？”我扭头问他。

“有劲。”他用刀敲了一下盘子边说，“女人有时候跟牛排也差不多，要嚼着有劲的，才会有味道。”

台上换了个魔术师在表演，白纸最后全部变成了红包，撒到台下任人争抢。

我问：“里面真有钱？”

刘翰文说：“可不，二十二岁嘛，听说一个里面装二百二十元。”

“真奢华。”我说。

“那算啥，上次我一哥们儿过生日抽奖，大奖是真的钻石，值好几十万。最后还请保安把中奖者护送回家的。”

原来这就是传说中的富二代。

我们正说着，刘波已经带着那个男的走到我们面前，她悄悄地朝刘翰文一眨眼，然后介绍说：“小五，这是我的新朋友，Joyce，他喜欢打台球，我告诉他你是高手，所以他很想认识认识你。一会儿这边结束，你陪他打几局去？”

“没问题，很荣幸。”刘翰文起身与他握手。

我看着那张微笑的侧脸，觉得自己已经完全不能呼吸。

“那过会儿再聊。”他礼貌地放下刘翰文的手，然后看了我一眼，说：“啊，是你。”

“你们认识？”刘翰文很奇怪。

“刚才在过道，不小心撞上这位小姐。”他说，“真是鲁莽，再次道歉。”

“没关系。”我弱弱地说。

“Joyce，Joyce！”等他们走后，刘翰文坐下来摇头晃脑地叫着他的名字，“你记住我说的，有英文名字的，都不是什么好东西。不过话又说回来了，像我二姐这种脑残型的，只要对方脑门上写着‘男人’两个字，她估计都hold不住。”

“怎么你二姐叫你小五？”我问。

“我在娘胎里的时候就叫小五。”刘翰文说，“其实我在家排行老三，不过我爸迷信，算命的说他生第五个孩子才能发财，所以就直接叫我小五了。我爸娶了四个老婆，别人都觉得他花心，其实吧，他这一生就爱过一个女人。我这一点跟他很像，我要是看准了谁，一定对她变着法儿的好，不会轻易变心的。”这个刘翰文，简直是把甜言蜜语当狗皮膏药，逮哪儿贴哪儿。

“这话你到底跟多少人说过呢？”我笑着问他。

“不相信人！”他指着我说，“回头收拾你。”

他错了，其实我信的。我为什么不信？甜言蜜语不就是这样的吗？哪怕期限只有这短短的一秒，你只要懂得享受就好了，管它真假作甚。你认真了，反而就输了。

晚宴快结束的时候，刘翰文低声求我说：“今晚就别回去了，这边正好有开好的房间。咱们好好happy happy。”

“我妈会杀了我的。”我说。

“我保证不乱来还不行吗？”他朝我举起双手发誓。

“你不是还要陪人去打什么台球吗？”我说。

“就在八楼健身中心，陪他耍两局，咱们就走。”

我本该拒绝他，然后直接回家，但是我实在抗拒不了要再见一次那个叫什么Joyce的人的诱惑，所以我也就半推半就地答应了。

我们俩刚走出宴会厅的大门，就见维维安拎着大包小包从后面杀了过来。她气喘吁吁地拦在我们前面说：“喂，二姐的生日礼物，她忙着泡帅哥，没空，让我替她放后备厢。你给我钥匙。”

“这么多东西，你就陪她去吧。”我说，“我到楼上去等你。”

“我女朋友可真体贴。”刘翰文在维维安的白眼里露骨地表扬完我，和维维安一起去了地下车库。

我进了另一个电梯，按下了“8”这个键。电梯越往上，我觉得我的心跳就越加速。进入健身中心，我只看到他一人，在台球桌旁打得正酣。

“二姐呢？”我强压狂乱的心跳走过去故作轻松地问。

“去洗手间了。”他说。

“你一人？”我又问了句废话。

“可不？”他一面打球一面问我，“我的对手呢，他去哪里了？我迫不及待地等着跟他好好较量较量呢。”

“就来。”我试探着说，“我叫阙薇，认识你很高兴。”

“会打台球吗？”他转过身问我，对我的名字一点儿也不感兴趣。

我失望地摇摇头。看来，我的记忆真的欺骗了我。

“我教你。”他忽然把手里的杆子递给我，并把我拖到桌子旁，教我如何执杆。他站在我的身后，我们贴得很近。

他几乎就在我耳朵边上轻声说道：“首先你得学会瞄准，瞄准是台球运动中最为基础的两项基本功之一，几乎在每次击球中都需要用到，所以说，消灭敌人的第一步，就是先瞄准敌人。”他说完，手一动，在我还没反应过来的时候，球已经应声入袋。

我回头看他，他那棱角分明的侧脸和坚毅的嘴角，简直与那人如出一辙。我竟看得有些呆了。

“你的玉坠，还真是特别，祖传的吗？”他打破沉默，眼睛盯着我胸前的玉坠。

我一惊，下意识地捂住胸口，并且飞快地退出来，站到他的身后去。

“怎么了？”我的忽然失控吓到了他。

此时此刻，眼前的Joyce与我记忆中的那个人几乎就要重合。

可等我回过神来，却发现他们又有些不一样，那个人是狡黠的，他对我了如指掌，可是Joyce，他的眼里写满了陌生与茫然，种种迹象都表明一点：他真的不认识我。

我们面对面站着，忽然有些尴尬，健身房里的LED显示屏里正在放城市宣传片，片头是一群老年人打太极。我看着屏幕，故意说：“听说太极真能强身健体。”

“是吗？”他不以为意地耸了耸肩，拿着球杆走回球桌前，很明显对这个话题一点也不感兴趣，“你要不要自己试试？”他问我。

“还是不要了。”我摇摇头说，“我很笨的。”

“听说你男朋友是这方面的高手，他没教过你吗？”

“我没有男朋友。”

兴许是因为失望，我的语气不太好，说完这话转头就看见了刘波，她刚从洗手间那边走过来，估计是听到了我们的对话，更明显的是，她对我和他目前的距离不太满意。

“姐姐，我得先走了。”我说，“一会儿刘翰文上来，你帮我告诉他一声。”

在确认他跟那个人没有半毛钱关系后，我觉得在这里多呆一秒都是浪费我的时间。我需要找一个安静的地方，来好好消化消化我内心的失落。

可是，Joyce居然上前一步拉住我说，“别那么扫兴嘛。”

“就让她走吧。小朋友回家太晚也不太好。要不要我找司机送你？”说话的人，是刘波。瞧她一脸的黑线，我觉得我要是再不知趣，估计会被她当作球，用台球杆当机立断地捅到海角天边去。

“不用，我自己走就好。”我轻轻地挣脱了Joyce往前走去，我感觉到他的手在我胳膊上迟疑了一下才放开，但是我没有回头。

可是，我没走出几步远，就被迎面走过来的刘翰文和维维安堵住了。不知道为什么，我觉得刘翰文看我的表情怪怪的。

维维安说：“阚薇，你过来一下。”

“有什么事，就这里说，我马上要走了。”我又没做什么见不得人的事，才不怕她。

“我找我爸。”她急急地说，“他电话关机，我要知道他在哪里。”

“麻烦找警察叔叔。”我不为所动。

“你把你妈电话号码给我。”她朝我伸出手说，“我要打你妈电话。”

“凭什么？”我问她。

“凭你妈骗走了我爸！”她忽然拔高声音喊了出来。我一转头看她，哟呵，真够夸张的，看上去像是要哭了。

“好了。”刘翰文拦住她说，“今天是二姐生日，你别闹行不行？”

“我没闹，我就是要找我爸！”她朝着刘翰文大吼大叫说，“你知不知道我爸从来都不会让我找不到他，不管他走到哪里，他手机总是有两块电池。现在我找不着他！手机不通，不回电话！这种情况从来都没有过，我担心他会出事啊！现在我唯一知道的就是她妈骗走了我爸，我不找她我找谁！”

“阙薇。”刘翰文为了息事宁人，居然反过来求我说，“你给我个面子，就给你妈打个电话，搞清楚在哪儿不就行了？”

凭什么？！偏不，就不！

你们让我打电话我就打电话，实在太掉价！一个半疯一个二傻，跟他们再纠缠一秒我都嫌多。

我狠狠地推开刘翰文，快速往电梯那边走去。刘翰文上来拉我：“喂，别这样！”

我甩开他，按下了电梯的下行键。没想到维维安竟从后面扑上来，抱住了我的脖子，不依不饶地吼叫着：“把电话交出来，不交出来，你哪儿也别想去！”

她就像一块肮脏的橡皮糖死死地粘在我身上，任凭我怎么用力也甩不掉她，她狠狠地拽着我的脖子，让我喘不过气来也使不出力。

刘翰文赶紧上来帮我，让我吃惊的是，瘦小的维维安居然一把就推倒了他，他跌在地上，在光滑的大理石上哧溜滑出老远。

我挣扎着用指甲死命地掐维维安的胳膊，也许是疼，她终于肯松开我一点点。但是她飞快地换了招数，从后面一把扯下了我的包，我反身与她争夺，包里的东西全部掉到了地上，手机摔坏了，机身掉得老远，后壳和电池则掉在我脚下。

维维安先是跑到远处去捡了手机，接下来肯定就是要趴到我脚下来捡壳和电池，我想好了，她若是敢，我一脚踹到她脑门上也不能让她得逞。

就在此时，电梯门正好面对着我打开了，我灵机一动，飞起一脚就把电池踢进了电梯。维维安慢了半步，当她扑过去的时候，电梯正好关上。她一头撞在门上，哐的一声。

看着她狼狈的样子，我心情再坏也忍不住哈哈大笑。

她气急败坏，跌坐在地上就直接把手中残废的手机当成炸弹，往我脸上砸过来。

“够了！”替我挡住的人是刘翰文，他弯腰捡起我的包，把所有的东西都替我放进去，然后一把把我搂到他怀里，指着维维安说，“我警告你，你要是再敢动她一根毫毛，我今天可是谁的面子也不会给！”

“你怎么就这么贱，你是残了还是废了，偏偏就喜欢这么一个烂货！”维维安完全失态，已经由半疯进阶成全疯，只差没变成梅超风。

“好了，小安你住嘴！”刘波从后面走上来，递给刘翰文一张门卡说：“你先走，带妹妹去我房间休息休息，消消气。”

刘翰文搂着我进了电梯，电梯门快关上的那一刻，我听到维维安破口大骂：“婊子，骗子！跟你妈一模一样的婊子加骗子！”

我甚至还清楚地看到那个神秘的叫作Joyce的人站在她的身后拉住她，脸上浮现出的是一丝嘲弄的笑容。

电梯角落里，我的手机电池静静地躺在那里，仿佛也是在骂我："傻X。"

我弯下腰捡起它来，也就是在那两秒钟，我把眼泪硬生生逼了回去。

从小我就懂得，哭屁用都没有。

我会用我自己的方式，让维维安为自己愚蠢的错误买单。

15

帝豪酒店2012房。

我和刘翰文对坐在落地窗前，从这里看出去，城市的灯红酒绿尽收眼底。摆在我们中间的，是两个红酒杯，他的已经干了，我的只喝了一点点。之所以不喝，是潜意识里的自我保护。就算最生气的时候，我也不会允许自己变得愚蠢。

“我看你就是他妈的怎么看都看不厌！”刘翰文说，“你要不要用点实际行动，回报我的知遇之恩，至少干了这一杯吧。”

我问刘翰文：“你是不是真的觉得我很坏？”

“我只知道我喜欢你。”刘翰文说，“当然我也很想知道你到底喜不喜欢我，阙薇，你能告诉我答案吗？”

这一回我没打算骗他，我摇摇头说，“不知道，我好像从来都不知道，喜欢一个人会是什么感觉。”

“我可以教你的。”他挪了位置，坐到我身后来，搂住我的腰说，“我有足够的耐心，慢慢地，一点一点地教会你，你要不要学？”

“你也是这么教维维安的吗？”我问他。

“我早说了，我跟她没关系。”刘翰文说，“你到底要我怎样？”

“你根本就不够爱我！”我用力推开他说，“不然今天她不会那么过分，你就该当着我的面揍她。”

“男人打女人，我还真做不出。”见我拉下脸来，他又哄我道，“好吧，我发誓，她下次要是再敢对你无礼，我就把她痛打一顿，打得她下跪向你求饶为止。行不行，我的姑奶奶？”

我没说话，只是瞟了一眼茶几上我的手机残骸，他心领神会地说：“明天起来，咱们就去买新的。”

“不用了。”我站起身来说，“我要回去了。”

“别开玩笑了，长夜漫漫，你就真狠心扔下我一个人？”刘翰文拦住我。

“下次吧。”我说，“今天所有的心情都被破坏了。”

房间的门铃就在这时候响了起来，刘翰文示意我等一等，跑去开门。是服务员，他说刘波小姐给我们送了红酒来，祝我们愉快。

“还是她想得周到。”刘翰文兴冲冲地开酒，就在他转身拿杯子的时候，我眼尖地发现装红酒的篮子里还放着一样东西，黑乎乎的一团，像是冥冥中有谁在驱使，我鬼使神差地把那东西拿起来。

那是一只用橡皮泥捏的猫，跟当年那个人留给我的一模一样！

看清楚的一瞬间，我感觉到我的心像是被一个巨大的弹弓“啪”的一下弹了出去，整个人都空了。

“阙薇？阙薇？”刘翰文喊了我好几声，我没有应他，他又推了我一把，“你怎么了？”

我回身抓起我的包说，“我有事要先走了。”我觉得我一分钟都不能再等了，我必须马上找到那个叫Joyce的，当着他的面一问究竟。他是谁？他来这里到底要干什么！

“你哪儿也不能去。”刘翰文拦住我。

“让开。”我对他说。

“你这么着急，是要急着跟那个假洋鬼子约会吗？”他说，“难道这真的就是传说中的一见钟情？”

“随你怎么想。”我冷冷地说。

“我最讨厌别人骗我！”他用力捏住我的胳膊说，“也别告诉我你不知道他是谁。你先回答我一个问题，今天晚上，你去厕所的十来分钟，都去干什么了？你跟他都干了些什么！”

“该干的都干了，你满意了吧！”我狠狠地盯着他的眼睛，一点也不肯示弱。

我看到他眼里闪过一丝怒意，心中暗暗感到不妙。正要挣脱，他猛地把我的腰一把搂住，顺势将我推倒在旁边的沙发上。我用力踹开他，爬起来就往门口跑。他从后面用力地拽住了我的头发，我只感到一阵天旋地转，站立不稳，摔倒在地毯上。只不过瞬间，刘翰文像一座山一样压下来，整个人压在我身上，他伸出手捏住我的脸颊，寻找到我的唇，开始粗暴地亲吻我。

“哼。那就再来温习一遍。”他讥讽地说，我忽然感到胸口一凉，他的手已经探进了我的内衣，我开始意识到事情的严重性，开始软下来求他：“放开我，不要这样。我是骗你的。我跟你闹着玩的！”可是，他通红的眼睛里闪着暴戾，丝毫也没有要停下来的意思。

“刘翰文！你说过，愿意等的。”我用力打他，想叫他停下。

“那要看场合。”他粗着嗓子说，“还要看你懂不懂事。”

“我懂的。”我继续求他说，“你停下来。你让我去洗洗干净，我们高高兴兴地在一起，难道不好吗？”

听我这么一说，他看上去有了松动，把手从我身上拿开，慢慢直起了半个身子。眼看时机已到，我抬起脚，对着他的下半身就狠踢了过去。然而没想到的是，我竟然踢歪了，那一脚，正中他的大腿根。他扑上来，愤怒地给了我一巴掌，左手掐住我的脖子，厉声说：“我给你脸，你不要脸。今天把你玩完了，你就是爷扔掉的一块抹布，你知不知道？”

我根本就不是他的对手，他用膝盖钳制住我的手，麻利地扒下我的裙子，我感觉我的手快被他压断了，痛到麻木，脑子轰轰作响，头顶仿佛有万千的细小针头在不停地扎刺着我。我已经丧失了思考的能力，只能不断地哭着重复：“求求你，不要这样，求求你。”

但是我知道，这没有用。

转瞬间他已将我的衣服扒光，浑身赤裸的我失去了最后一丝希望。我的心迅速跌进一个绝望的黑洞，身体和大脑仿佛已经不是我自己的了。一切都结束了。我放弃抵抗，只是静静被他压在身下，不再挣扎也不再求他，只有汹涌而无声的眼泪，像坏了的水龙头里的水，管不住地往外淌。

就在最关键的时候，门铃响了。屋外传来的是服务生的声音："客房送餐。"

"送错了！"刘翰文朝门外大喊，但对方好像没听见，仍在一个劲儿地按门铃。

"操！"刘翰文骂骂咧咧地起身，然后他一把把我拖起来，推我到卫生间里说，"你要是敢出声，或者敢乱来，后果自负。"

他砰的一声狠狠关上门，我飞快地抓了一条浴巾裹住狼狈的自己，跌坐在卫生间冰凉的瓷砖上。

我要逃。

从窗口，不可能，这里是二十楼；直接扑出去叫救命，可是我听不到外面的声音，搞不好他根本就不会让服务生进来。忽然间，我看到墙上的电话，我用颤抖的手抓住它，可是，我竟然不知道，我该打哪个电话求救。

慌乱中看到了总台的号码，我正要拨，忽然又停住了。

我丢不起这个人。

或许我还有最后一招，那就是"心甘情愿"地献出我自己。从此，让他"心甘情愿"地为我服务。

但我知道，就算我再贱再低微，那微不足道的自尊，却还是牢牢地抓住我的心，告诉我：不可以！

我绝望地在地板上坐了很久，等着刘翰文推门进来。可是，他一直都没有。难道他气头已过，知道自己错了？还是他因为美食而忘记了我的存在？但外面的寂静确实可疑，说不定他已经不在房间，我不趁这时逃跑，更待何时。

想明白这个，我飞快地站起身来，拉开了浴室的大门，然而我看到的场景却让我完完全全地惊呆了。

刘翰文仰面倒在沙发上，诡异地一动不动，更恐怖的是，他的嘴角似有红色的血涌出。

我吓得失声大叫，又赶紧捂住自己的嘴巴，怕喊声把别人招来。

我叫了他几声，他没有回应我。我不敢走近他，当机立断迅速地穿上我的衣服，提着我的鞋，赤脚跑出房间。我觉得我应该先去大堂报警，让人来看到底是怎么回事，来看看他到底有没有死，他是不是还活着！

就在我像只绝望的没头苍蝇一样地在走道上赤脚飞奔的时候，一扇房门在我面前打开，有人从里面走出来，一把就将我扯进了房内，并同时捂住我的嘴。

我还没看清这是谁，就听见左耳温柔的声音传来："小雀斑，别来无恙？"

下 部

维维安

最后的最后，我们都将离开。但依然要用力把刺插入胸膛。

2012-2-22　18：00　来自微博（维维安）　　转发（0）收藏　评论（0）

1

十二岁那年的暑假，我写过一个故事。冗长而寂寥的午后，我把它念给我爸爸听：

“从前，有一个杀手。他每个月都会杀一个人。杀完后，他会把他的头割下来放到床底下，把尸体扔进荒野。这个杀手的隔壁，住着一个小姑娘和她的妈妈，还有小姑娘最爱的狗——欢欢。杀手一直嫌狗吵，有一天，他把狗杀了，把狗身子煮来吃了，把狗头藏到了床底下。小姑娘的妈妈对她讲，不用担心，欢欢只是走丢了，总有一天会回来。

后来，小姑娘和杀手慢慢地成了朋友。她把自己的大白兔奶糖分给杀手吃；还给杀手用草编了一顶很丑的帽子；遇到很难的数学题，请杀手教她做。杀手被小姑娘感染了，忽然就不想杀人了，他换了一份正经的工作，还想娶小姑娘的妈妈做老婆。

冬天来了，下雪了，天很冷。小姑娘给杀手送去了一碗鸡汤。杀手喝完后，晕过去了。于是小姑娘把杀手的头割了下来，洗干净，连同他床下的十一颗人头和一颗狗头一起，埋在了雪地里。

春天到来的时候，雪化了，埋过人头的地方，开出了一丛又一丛美丽的鲜花。每一朵花，都像是一只狗的笑脸，人们把它叫作‘狗头花’。小姑娘指着那些花对妈妈说：妈妈快看，欢欢回来了。”

“完了？”我爸问我。

“完了。”我合上本子。

“那么小安，你写这个故事，主要是想讲什么呢？”我爸把他的凳子挪得靠近了我一些，好奇地问我。

“你觉得呢？”我反问他。

他想了想回答我说：“你是不是想说，再冷酷的人，也会有被爱感化的那一天？可是，如果是这样，你为什么又要写他被小姑娘杀死了？这个结果，很残忍，也根本没什么意义啊。”

我笑着说：“当然没什么意义啊，我也就是写着玩玩。”

说完，我把那个本子扔到了床的角落里，拿了本伊藤润二的漫画书看起来。我喜欢他的漫画里弥漫的恐怖气氛，可以深度挑战我的脑神经，这是别的阅读无论如何都达不到的快感。

“少读点古里古怪的书，把脑子读复杂了。”他瞄了书皮一眼，敲了我脑门一下，担心地说道。

唉，从懂事起，我已经学会不指望我爸爸会懂得我。就像我一直都不懂得他一样。只是有一点毫无疑问，我是他生命中最重要的人，他亦是我的。

我在乡下长大。不过我爸并不是乡下人。他在镇上开了一家服装厂，我们村里的人，都喜欢叫他“维厂长”。说起来，我爸当年举家搬到乡下最主要的原因是因为我妈妈，听说我妈长得特别漂亮，可她生下我不久就患了癌症，换了很多医院都治不好。医生说，乡下空气好，对她的病有用，于是我爸就在乡下买了人家盖得还算不错的一个小别墅，又花很多钱把它装修了一下，希望能安安静静地和我妈在那里共度余生，谁知道造化弄人，我们搬进去没多久，我妈的病情却突然恶化，撒手离开了人世。

人死了都希望入土为安，偏偏我妈妈是个热爱自由的人，要求我爸将她的骨灰撒入大海，誓要将自由进行到底。这可苦了我这个唯一的后人，清明时想给她扫个墓都找不到地方。最多就是我爸抽空带我飞去海边，我们找一家海边的小旅馆住下，黄昏时一起在海边坐坐，看看落日，吹吹海风，然后回来继续我们的生活。

我妈走后，我爸把对她的爱全转到了我身上，为了培养我，他下了很多的功夫。分数什么的他倒不是很要求，但是从三岁起，我每天的必修课有两门：一是钢琴，二是武术。

我爸让我学琴，是因为他相信音乐可以让一个女孩子变得安静，与世无争，淡泊名利。如果你有天走在乡间的小路上，看到一头哼哧哼哧的老牛正摇着尾巴走在前面，同时耳边又听到贝多芬的第十四钢琴奏鸣曲《月光》的时候，你千万不要以为你得了精神分裂症，那是因为，你有可能正好路过我家门口。如果是这样，你还应该能看到我家门口的橘子树，夏天的时候，它会结满金黄色的果实，方圆一里都飘满了橘子的香味。想吃的话随便摘，没有人会管你。

我的钢琴老师，叫小丛。她以前是镇中学的音乐老师，算不上是美女，但也算有气质。教我三年以后，她从学校辞了职，到我爸厂里当了秘书。很多人都想当然地认为小丛跟我爸有一腿，但是我知道这只是属于小丛的一场痛苦的单恋，我爸并不喜欢她。

还记得有天晚上小丛给我上完课，我以为她早就走了，可是夜里十点，我准备睡觉的时候，却发现她和我爸还站在院子里。我人在二楼，又隔着窗户，完全听不清楚他们在说什么，但我猜到他们是在吵架，我甚至能清楚地看见小丛老师脸上汹涌的泪水，最后，她哭着扑向我爸，像一株绝望的藤蔓一样挂在我爸身上，却还是被我爸用力地推开了。

那以后，小丛有很长一段时间不来我家，不过我爸也没再给我请新的钢琴老师。我只能照着小丛留给我的琴谱自己练习。有一次我爸忽然问我："你弹的是什么曲子，还挺好听的。"

"*A Winter Story*是日本电影《情书》的主题曲。"

"小丛老师教的？"

我点点头问他："为什么你不喜欢小丛老师？"

他傻乎乎地摸了摸鼻子说："爸爸喜欢的人，是你妈妈啊。"

"可是，妈妈已经死了。"我说，"难道你要一直喜欢一个已经死去的人吗？"

"小笨蛋。"爸爸拍拍我的肩膀说，"等你长大后你就明白了，喜欢这件事和生死没有关系的。”

“那什么是喜欢？”

我爸的回答超文艺，他说：“喜欢就是……想起来就很欢喜。”

我常常觉得，大人真是种矛盾的动物，死明明是一件很悲伤的事，想起来又怎么会欢喜？只是我不忍心再反驳他。因为他正盯着柜子上我妈的遗像在看。这是他忙碌的工作之余最大的爱好，一边抽烟，一边喝茶，一边守着张旧照片追忆往事。

不过换成是我，我也不会喜欢小丛。因为我觉得她很假，在我爸面前就装淑女，说话都不会大声，可是跟梅叔在一起，就常常爆粗口，还抽烟、赌钱什么的，作风豪放得很。

梅叔是我的武术老师，福建人。我认识他那年他不过三十岁而已，但是大家都叫他梅叔，久而久之就成了习惯。说起来，梅叔算得上是我爸爸的远房亲戚，他功夫很好，曾经在全国武术比赛中拿过亚军。年轻的时候因一时冲动打伤了人，坐了近十年牢，出狱后，我爸收留他在厂里当保安部的主任。他对我爸挺忠心的，在教我武功这件事上也尽心尽力，毫无保留，但就是有个改不了的恶习——赌钱，有事没事就喜欢找几个人陪他打几圈，为这事，我爸没少说他，但他总是笑呵呵地说是的是的要改，却一直都没改，赌输了就过来跟我爸预支工钱，没钱吃饭了就来我家蹭，皮厚得紧。

和练琴比起来，练武当然还要苦十倍不止。日复一日的站桩，马步，拳击，倒立。每天早上五点就要起来跑步，冬天再冷，也要在河里游上好几个来回。现在回想起来，小小的我确实承受了很多同龄人无法承受的痛苦，身上也常常被摔得青一块紫一块，但不管怎么样，我都坚持下来，那是因为我一直都是一个乖小孩，我爱我爸爸，我不想让他对我有任何的失望。

而我自己真心喜欢的事情，应该是阅读吧。我家有个很大的书柜，每次爸爸出门回来，都会给我带很多的新书。对于书的种类，我并不挑剔，我如饥似渴地在每一个字里行间体验不一样的人生，那是音乐和武术都不能带给我的别样的思考。乡村小学的教育可想而知，唯有大量的阅读能让我愉快地挖掘自己的深度以及智慧，从而常常发现一个崭新的自己。

在我小学快毕业的时候，我爸的服装厂出了事——发生了特大火灾，那场火烧得特别夸张，由于镇上的消防不得力，囤积的大量易燃棉纺织品导致三座厂房焚烧长达近五个小时，存放布料的仓库更是被烧得坍塌了大半。万幸的是火烧起来的时候是半夜，损失的大部分是货物，没有人员伤亡。那天放学后，我去厂里找我爸，那时候火早已经被扑灭了，四周弥漫着难闻的气味，梅叔和我爸正带着几个警察在各处察看，我听见梅叔正在跟警察们讲，火灾极有可能是库房的电线短路所致。

“你去办公室等我。”爸爸吩咐我说，“这里危险，不要乱跑。”

我推开办公室的门，里面只有小丛一个人。我已经很久没见过她了。不知道是不是火灾一事让她特别烦，反正她看到我也只是牵强地笑笑，并不表现得特别亲热。我自己找了个地方开始做作业，作业做到一半的时候，小丛忽然从电脑前抬起头对我说："小安，我要走了。"

"什么？"我不太明白她的意思。

"我要去很远的地方了。"小丛说，"你要是还想学琴，就得找别的老师了。"

"可是，你已经有很久没教过我了。"我说。

"是吗？"她问我，"有多久呢？"

"半年了。"我说。

"哦，那确实是很久了。"小丛说，"小安，我走了以后，你会不会想我呢？"

"会吧。"我说，"我和我爸都会想你的。"

小丛走我到面前，靠着我的桌子，点了一根烟对我说："小安，我说的那种走，就是以后我们有可能再也见不着了，你懂不懂呢？"

我想我是懂的，不就是我和我妈这种吗？但是我鬼使神差地对着她摇了摇头。

小丛叹息了一声，轻轻拍了我的头一下，抽着烟出去了，留下我一个人在我爸办公室。我去上洗手间的时候，听到她在楼梯拐角那边打电话，她很凶地在跟对方说："我要得一点儿也不多。烧成这样，你负责安保，难道你不用负责？你这个头脑简单四肢发达的蠢货，等着再去坐牢吧！"

我估计电话那边是梅叔。

那天，我和我爸回到家已经是快晚上十点钟了。爸爸把阿姨做好的饭菜热了热给我吃，可是他自己一口也吃不下。我走近他，靠在他身边，问他："怎么办呢？"

他摸摸我的头说："没事的，闺女，不就一场火吗？爸爸还可以从头再来。"

"要赔很多钱吗？"

"不只是钱，主要是信誉问题，答应客户的货不能按时出货，以后生意就难做了。现在厂房不能用，明天我得去几家小厂看看，看能不能替我们把一些活给拼出来。"

"你的布料是以丝绒为主的吗？"我问他。

"咦？"他奇怪地说，"你怎么知道？"

我说："爸爸，你有没有想过，这次火灾有可能会是人为的。"

他吓一跳："不可能。"

"一周前，已经有人在你办公室的那台电脑上百度各地丝绒的价格，同时还有一条是询问都有哪些原因会导致电线短路！"

"你一定是柯南看多了。"爸爸皱着眉头对我说，"你赶紧吃完饭去睡觉吧，明天还要早起练功呢。"

第二天正好是周末，我爸一早就去了厂里。中午的时候，我正在家里看书，梅叔来了。他好像喝了一点酒，整个人看上去也不是很有精神。

他问我："今天练功没？"

"一点点。"我说。

他趁着酒劲教育我，"不用功再聪明也不行，别以为危险的时候，你那点三脚猫的功夫派得上用场！"

"哦。"我说，"知道了。"

“你小丛老师让我来接你，她说明天要走了，接你去吃个饭。”

“可是我刚刚吃过。”我说。

“晚饭！”梅叔没耐心地说，“她可能想跟你告个别，聊聊天吧。”

“那你等等我，”我说，“我换件衣服就来。”

我出来的时候，梅叔正在沙发上看手机，见到我，他合上手机说：“我们快走吧。咦，你不是换衣服吗？怎么换成了溜冰鞋？”

“梅叔。”我靠在墙边问他，“你是打算要把我藏到哪里呢？”

“你说什么？”他脸色忽然就变了。

“梅叔，我想跟你讲个故事。你看我讲得对不对。”他只往前走一步，我已经脚下使力，哧溜溜到了大门边。

“你欠了别人一大笔赌债，跟我爸借钱，我爸没借给你。债主逼得急，要你卖房子。你只能铤而走险，趁我爸不注意，搬走了他的布，又人为制造了电线短路，造成了火灾。然后，你利用我爸做生意讲究诚信的特点，建议他找小厂替他赶活，又以小厂没有布料为由，骗我爸高价收购他自己的布，是不是这样？”

“别听小丛胡说八道！”梅叔急了。

我摇摇头：“你错了，小丛什么也没跟我讲。如果我没有猜错的话，小丛应该还是你的帮凶才对，因为据我所知，你不会用电脑，更不会百度。所以办公室电脑上的记录不可能是你留下的。小丛得不到我爸的爱情，被你煽动，心想得到点钱也是好的，于是答应帮忙。但是，她万万没想到火会烧得这么狠，所以她很害怕，威胁你如果不多分点钱给她，她就告发你。再加上昨天我提醒过我爸后，我爸今天一大早应该会去公司查问你。你很害怕，只好先下手为强，想绑架我，让我爸不敢报警。”

“小小年纪，还真会编故事。”梅叔咬着牙说，“看来光教你武术没用，我还得教你懂点规矩。”

“来追我啊！”我指指我的脑袋对梅叔大声说道，“光会功夫，没脑子也不行！”

我说着，人已经滑到院子里，大门开着，凭我娴熟的溜冰技巧，三分钟我就可以滑到位于村头的派出所。除非梅叔给自己的脚安上风火轮，不然我有十足的把握他追不上我。我刚溜出门就看见我爸的车一路飞驰过来，车在家门口停下，车上跳下来的是我爸和小丛。

“小安，你没事吧？”我爸一把抱住我。

我笑着摇摇头。梅叔正好追出来，见到此情此景，他一把抱住头，直接蹲到了地上。

事实证明，真相与我所猜的八九不离十。但是有一点我没猜到的是，我爸居然没有告梅叔和小丛，反而一人给了他们一笔钱，让他们远走他乡。并且，他还做了一个更大的决定——结束他在镇上的生意，带我回城里生活。

乡下的房子没有卖。除了托运的钢琴和书，我们只带了少量的行李就上路了。爸爸一边开车一边对我说：“我要给你尽可能好的教育，你不能做一辈子的乡下妞。”

“乡下妞不好吗？”我扬起头问他。

“也不是不好。”他说，“主要是，你也不太像啊。”

我笑着问他：“哪里不像呢？”

“你是个杀手。”他冷酷地说：“别以为我不知道，你杀死了一条狗。”

“那你知道该如何对付杀手吗？”我问他。

他想了想说：“拼命练枪法，有朝一日比他更厉害喽。”

“好吧，加十分。”我笑着闭上眼睛开始休息。

四百多公里的路程，其实我有足够多的时间告诉我爸，那个问题正确的答案是——做杀手身边最亲近的人，你才有机会杀掉他。但是我宁愿保持沉默，因为，像我爸那种天性纯良宽厚哪怕被他最信任的人一把火烧掉一半家业依然固执地相信这世界充满爱的六零后生人，我想我无论怎么用力去解释，他都不会懂的吧。

我才不要，跟他一样。

2

初到城里的日子，我和我爸住在西城区的旧房子里，那是一个小平房，门前有一个小院子。据说十几年前，我妈和我爸就是在这里认识并结婚的。比起乡下的大别墅来，它显得破旧和狭小。不过住进来之前我爸专门请人来清理和收拾过，所以它看上去还算干净整洁。

"咱们在这里将就些时日，两年之内爸爸一定让你住上新房子。"我爸说。

"这里挺不错啊。"我指着客厅旁边的一个小楼梯好奇地问他，"那上面是什么？"

"阁楼。清洁工来打扫的时候说是有老鼠，所以我让人锁起来了。"

不知道为什么，那个神秘的阁楼搞得我心神不宁。记得小时候曾经读过一本很喜欢的书，书名叫作《阁楼上的光》。至今我还能背出书中某些美好得要命的句子："阁楼上孤灯一盏，尽管门窗紧闭，漆黑一片，我却看见微光在闪，那是什么我全知道……"我爸不在的时候，我曾经想去阁楼上偷偷看个究竟，无奈都被那把一看就是新买的大锁拦住了去路。

可是我真的很想知道，那里有什么。

我转学过来正好是小升初，我爸找了人，把我塞进了天中初中部的重点班。让我敬佩的是，虽然他离开已久，但面子尚有，好多事情一个电话就能轻松搞定。和他比起来，我的人缘显然差了很多，开学都一个月了，我还没交上一个新朋友，并且我感觉，他们都不太懂我。

那一天口头作文课，语文老师让大家说说各自的理想，轮到我的时候，我是这么说的：我希望我四十岁的时候，身体健康，略有积蓄，已婚，丈夫体贴，孩子听话，有一份真正喜欢的工作。我觉得这就是成功，不必成名，也不必发财。

老师无奈地评论说："维维安同学，你这一整就整到四十岁了，还老公孩子的，想得挺远的哈。"

班上一半同学笑到喷口水。

我懒得解释。其实这么有水准的话才不是我说的，是我从亦舒的一本书里看来的。但是我们班上的女生都不看亦舒。她们要么不读书，扎个堆讨论谁谁谁的八卦，要么就只看那些轻飘飘的男欢女爱的言情小说。我之所以要照搬这几句并不是因为我想要特立独行，我就是觉得这话说到了我心里去，这就是我的理想，它没有什么不好。

午餐时间，花枝过来找我聊天。她坐在我们班最后一排，老师说她太胖了，坐前面任何一个地方都会影响别人看黑板。

"嗨，维维安。"她说，"我以前还以为你是新疆人。"

"为什么？"我问。

"维吾尔族也有个维字啊。"她为自己混乱的逻辑惊天动地地笑起来，"以后你会知道，我这个人其实蛮有趣的。我就是想跟你说，你的理想，还真蛮有趣的，哈哈，哈哈哈。”

“谢谢。”我说。

“听说你家也住在西城，以后放学我们可以一块走，聊聊天什么的，不然三班的王子雄有事没事老是跟着我，一路扯东扯西，我被他烦死！”

“不了，我习惯一个人。”我说。

她端起她的饭盒，“刷”地站起身来，居高临下地看着我说：“骄傲的柴火妞，我向你致敬！”

“别客气。”我很谦虚。

我当然知道她为什么要拉拢我。西城区是我们这里的老区，住在那里的人多半是穷人，自然给人瞧不起。花枝成绩虽好，但个性太强，锋芒毕露，一点亏也吃不得。开学没多久就见她因为一些小事跟好几个同学闹过矛盾。她一定以为我跟她一样出生贫寒，又初来乍到，必会听她差遣，真是猪脑一个。

那天晚上，我都快睡了，家里忽然来了客人，是一个老太婆，很胖，穿着邋遢，嗓音洪亮。我爸让我叫她外婆。

尽管很不情愿，但我还是听话地叫了她一声。这个从天上掉下来的外婆大人，看到我并没有表现出与亲人久别重逢的丁点儿喜悦，而是相当潦草地看了我一眼，就坐到旧沙发的正中央，很生气地训斥我爸说：“你怎么回事！回来这么久了也不讲一声？”

“这不刚安顿好吗？”我爸说。

她上下看看，哼哼说：“听说这房子要拆迁了。别以为我不知道，你是因为这个才住回来的吧？”

我爸好言好语对她说，“您看今天很晚了，小安也要睡觉了，等我忙完手头的事就去找您好不好？”

见我爸不买账，老太婆当场发了飙：“好你个维大同，这么多年见不着你人影，我人刚来，屁股还没坐热你就赶我走？我告诉你哈，不管怎么说，你跟我们家小彩，一日夫妻百日恩呐，她死得不明不白，我养她那么多年，最后连个尸首都没见着，你替她孝敬孝敬我难道不是应该的？”

“不是一直给您寄生活费的吗？”我爸低三下四。

“别跟我提生活费！”老太婆一敲桌子说，“我今天来是跟你谈这个房子的！不管怎么说，也有小彩一半的吧？”

我爸为难地看着她，不知道该说啥。就在这时候他的手机响了，应该是生意上的急事吧，反正他跑到里屋接了半天也没出来。客厅里只剩下我和老太婆两个。她终于有空正眼看了我一小会儿，颇为不满地评价我说：“长得像根小青菜，你说你妈的漂亮怎么就没遗传点给你！”

我小心翼翼地问她：“你是我妈妈的妈妈吗？”

她大吼一声：“我是你外婆！你说你这小孩是不是在乡下养傻了，什么妈妈的妈妈，怎么连句话都讲不明白！”

在她极度不耐烦的表情下，我的眼泪一下子就下来了，一把揪住她的胳膊说道：“外婆，你一定要救救我！”

“怎么了？”她愣住，吓一大跳。

我压低声音说：“我爸得了病，他回来是治病的。”

“什么病？”她立刻警觉起来。

我掏啊掏的，猛地从口袋里掏出好几个口罩，放在她眼皮底下说道："很严重的传染病，医生说会死人的，你看我现在天天都戴这个。我真的很害怕，外婆，你带我走好不好？你让我跟你生活在一起，别看我小，我会做很多事，我保证我会听话，会乖……"

我还没讲完呢，她整张脸都绿了，腾一下从沙发上跳起来，像甩恶魔一样，飞快地甩开了我。

等我爸打完电话出来，客厅里只坐着我一个人了。

我爸奇怪地问："咦，她人呢？"

"走了。"我说。

"你拿着保洁阿姨用的口罩干吗？"

我说："这么多她也用不完，刚好最近学校门口在施工，灰尘太大了，我觉得我应该放几个在书包里。"

我爸伸长脖子看看门外，有点担心地说："她有没有说啥？"

"她说我长得丑。"我委屈地说，"爸爸，你怎么一直都没有跟我提过我有什么外婆。你不是说，我妈的爸妈早都过世了吗？"

爸爸在我面前坐下，深吸了一口气对我说："这些事还真是说来话长，刚才来的那个，其实是你妈妈的养母。你妈跟她没有血缘关系的。小安，爸爸必须提醒你，这里不比乡下，什么人都有，什么话也都有人讲。反正不管别人说什么，你就当没听见，听见了也别信，记住没？"

我似懂非懂地点了点头。

那天晚上我躺在床上，脑子里一直重复着老太婆说的那句话：“死得不明不白死得不明不白……”我妈明明是得癌症死的，有什么不明不白？难道这里面藏有什么我不知道的隐情吗？

我妈死的时候，我还未满周岁，关于她的记忆，仅限于过去的一些照片以及我爸对她的描述。反正在我爸的嘴里，我妈就是天下第一的大好人及大美人。她有特别特别多的衣服和特别特别多的鞋子，塞满了好几个大柜子，全都留在了乡下。我只瞒着我爸偷偷带回来一条裙子，藏在我的衣橱里。我爸说，那些衣服都很贵，好多都只穿过一两次，我妈不让送人，要留给我将来长大了穿。

可我觉得，它们都太艳丽了，完全不适合我。我只喜欢她留给我的一个布娃娃，虽然很旧了，我还一直带在身边。爸爸说，这还是我没出世的时候，我妈就买下的礼物。她说小姑娘总是怕孤单，有个娃娃陪着，会好一点。娃娃不漂亮，但是摸上去很软很舒服，我叫它小小安。

第二天晚饭的时候，我装作不经意地问我爸：“我妈得的是乳腺癌吗？”

“是啊。”他说，“怎么了？”

我说，“我新同桌的妈妈也得了这种病，可是现在还活得好好的，你说我妈怎么就这么倒霉？”

“以后别说这些了，”他皱着眉说，“爸爸可不想听。”

看他不开心，我知趣地换一个话题：“那你什么时候再给我找个新妈妈？”

他看上去果然轻松一点：“万一找个后娘，对你不好，那你咋办？”

“我就跟她打架呗。”我握着拳头笑嘻嘻地说，“料她也打不过我。”

“小安你听好了，爸爸这一辈子，有你就足够了。”他的表情很认真。

“可是我总会嫁人的啊。”我故意气他。

“那时候爸爸也老了，你要是不嫌弃，我可以替你当保姆带小孩子啊。”他自信满满地说，“你不就是我亲手带大的吗？这方面，我有经验！”

他还真是的！

那天晚上，趁我爸在洗澡，我偷了他的钥匙包，蹑手蹑脚上了那个小楼梯，一把钥匙一把钥匙地试，终于打开了小阁楼那把锁。但我并没有急吼吼地马上跑进去看个究竟，而是让锁维持原样，又蹑手蹑脚地下来，把钥匙包放回他的口袋，神不知鬼不觉地回房间睡觉去了。

书上说“想成大事者，心急为大忌”，这一句我可没忘。

第二天放学，我下了公交车一路小跑回家。谢天谢地，没有人发现，那把锁依然听话地开着。怀着一种异样的心情，我扭下它来，轻轻地推开了小阁楼的门。随着“吱呀”的一声，傍晚的阳光从小阁楼的窗户照进来，直接照到我的脸上。我眯缝着眼睛看过去，发现小阁楼并不像我想象的那样杂乱无章，而是分外的干净。除了正中央放着一个木头箱子以外，其他什么也没有。

我爬到那个箱子旁，发现那是一个密码箱。迟疑了一小下，我输入我妈的生日，它竟然“啪”的一下打开了。

箱子装得满满的。里面应该全都是我妈的遗物，有两个香奈儿的包包，一些看上去很值钱的珠宝，她戴过的发卡，用过的相机、手机、香水瓶、钱包，甚至她的银行卡和一大堆贵宾卡。这些东西虽然被尘封了很久，但因为堆放整齐，它们依然保持着一种清新的气息，仿佛昨日，才被主人逐一地使用过。只不过相机里的SD卡不见了，手机没电。我看来看去，估计最有价值的，就是压在箱底的那个红色的真皮本子了，我猜，那应该是我妈的日记或者随笔。

或许，关于我妈妈的故事，都在其中！

我激动地打开来，却发现我完全猜错了——它竟然是一个账本！扉页上，写着一行斗大的字：美丽永远不打折！我暗想，她那么爱美，搞不好这就算她的人生格言。翻开来，里面密密麻麻全都是商品代购的记录。什么LV的钱包、巴黎世家机车包、香奈尔的眼霜面霜、迪奥的口红、爱玛仕的围巾，总之，无一不是大牌奢侈品，后面写着价格、交易日期以及代购人的姓名。

哦，难道我妈以前是开小店的？

记得我爸跟我说她是艺校的老师，教美术！可是说实话，她的字写得真难看，还比不上我三年级的时候写的字。打死我也不相信一个美术老师会写出这么难看的字。我一页一页地翻过去，某页最下方有行红色的备注吸引了我的目光：俞洁，本月购物累计突破十万元。需返点或额外送礼，切记！再翻几页又看见俞洁两个字，写得非常大，差不多占了整整一页，并且那个名字上，画了一个红色的恶狠狠的大叉。

她是很恨她吗?

本子还余了一半的空白。我随意翻翻，发现里面还夹着一张纸条。纸已经被撕裂了好几处，但拼一拼并不影响我看清楚上面的字：“这飘零的人生，有何用！栋，如果用我的鲜血，是不是可以让你相信我这颗早已经破碎的心！”

我把纸条夹回原处，发现我心跳得飞快。我首先想到的是，这句话写得不通顺，至少应该是“如果用我的鲜血为证”吧，可见我妈语文学得不咋样。其次，我敢肯定的是，这个“栋”肯定不是我爸，因为我爸的名字里根本没有这个“栋”字。并且，我相信像他那样宽厚的人，怎么都不会把一个女人逼到非要用鲜血来证明自己破碎的心这一步！

那么，这个神秘的“栋”到底是谁?

他和我妈之间，到底发生过怎么样的故事?

还有，如果我妈压根没当过什么美术老师，我爸对我撒那样的谎又有何意义?

我的内心，瞬间被千百个疑问缠绕得透不过气。就在怔忡中，黄昏最后一缕光从小阁楼里渐渐隐去，只在地板上留下一点浅浅的光晕。我靠着那个沉默的大箱子，忽然发现自己很忧伤。是的，忧伤，深入骨髓的那种。从小到大，好像我从来都没有如此地贴近过我的母亲。可是越贴近，她越让我觉得陌生，遥远，不可触摸，痛不可当。我第一次如此真实地感受到她真的来过这世界，不管她曾经做过些什么，我相信她尽力过，拼命过，同时也饱尝过人世的喜怒哀乐爱恨情仇。而她只留下这一个不知所云的箱子，连以资纪念的凭据都无存。那么，她真的甘心吗？对于我这个被她丢弃在人世间的小小姑娘，她又可曾心怀愧疚或是深深担忧？

年幼的我早已经深知，人生有很多的事其实永无答案可寻。但我却无法抵抗来自内心对于“母亲”这个词波涛汹涌的好奇，我固执地要去探索那些早已经深藏于时光背后的秘密，并不是故意要对她心怀不敬。更重要的是，在岁月的列车上，她离开太久，我想念太晚，我们再没有机会像别的母女那样面对面认识彼此，无论吵架，还是亲密。想起来真够伤心。

3

渐渐地，我发现我爱上了我所生活的这座小城，尽管它雨水很多，阳光不足，但我依然热爱它的每一条街道，每一辆公交车，每一个广告牌以及每一幢建筑。这一切绝不是因为我来自乡下，贪恋它的繁华和文明，仅仅是因为这里曾和她息息相关。只要我想象我正走过她曾经走过的路，呼吸她曾经呼吸的空气，仰望她曾经仰望过的天空，遇到她曾经遇到的人，就会怦然心动。

我偷偷地开着小阁楼的窗户。爸爸不在家的时候，我喜欢从那扇小窗里爬进去坐一坐，靠着那口箱子，看一本书，写一小篇日记，或者想一会儿心事。我愿意相信她正在某处看着我，心怀慈悲，给我祝福给我力量，让我远离孤单的恐惧。

那一年的冬天来得特别早，风一吹，大家都在校服外套上了棉马夹。体育课自由活动的时间，我坐在花台边看一本小书，花枝挨到我边上来。她的脸冻得通红，像一只熟得快烂掉的蕃茄。“蕃茄怪人”一面咯嘣咯嘣咬着蒜香青豆，一面口齿不清地向我陈述一个事实：“维维安你知道吗，其实咱俩是亲戚。你妈叫李彩萍对吧，我妈叫李雅萍，也就是说，我妈是你妈的姐姐。上个月我外婆还去过你家，听说你爸病了，是传染病，我外婆还叫我离你远点，怕我被你传染上。”

“那你还来找我说话？”

“看在亲戚的份上，随便说两句喽。”花枝说，“我可不是胆小鬼。”

“可是，”我合上书说，“我妈根本就是领养的。”

“没错！”花枝把剩下的青豆统统倒进嘴里，又不甘心地捏了捏袋子，这才把袋子扔到花台边说，“你妈是孤儿，要不是我外婆，她就死在西落桥下面的桥洞里了。我外婆当时刚生完我妈不久，正好奶水也够，一时好心，就把她抱回家了。不然的话，也不可能有今天的你哦！”

“那我们算哪门子亲戚呢？”我问她。

她变戏法一样地从口袋里又掏出一袋青豆，把袋子撕开，这才反应过来，恍然大悟地指着我说：“呀呀呀，你呀你，果然遗传了你妈的最大特点——无情无义、爱慕虚荣。不过我听说，你那天抱着我外婆的腿哭啊哭的求她带你走，有没有这种事啊？别说我没提醒你哈，等你爸病死了，你也跟你妈一样成了孤儿，可别指望我家会收养你哦，门都没有！”

趁她不注意，我脚上偷偷一使绊，她大叫一声“哎哟”，整个人摔了个四仰八叉，躺在那里像一只可笑的王八，半天也爬不起来。我弯下腰，从地上捡起一粒散落的青豆，放到她嘴巴上，她张嘴骂我，豆子正好滑到她嘴里，卡住她的喉咙，令她涨红了脸发不出声。

“怎么这么不小心？”我伸出手装作扶她，她本能地拽住我不放。只是她好不容易起来一点点，我又把她按下去，按下去，再扯她起来一点点。我想不管谁看见这一幕，都会相信是肥胖的花枝摔跤了，瘦小的维维安好心地去扶她，只可惜双方力量太悬殊，真是有趣又好看。

后来，花枝跑到班主任那里去哭诉，说我欺负她把她弄摔跤还不让她起来。据说班主任看了看她巨大的身形，只对她说了五个字：“开什么玩笑！”

就是嘛，开什么玩笑！其实我真无意欺负她，是她送上门来，自取其辱。她说说我也没什么关系，我就算不爱听也可以权当耳边风。但我妈人都不在了，她和她家人还在这里孜孜不倦地诋毁她，不教训教训，她怎知“收敛”二字该如何写！

那以后，花枝在我面前果然老实了不少。只是我撒谎说我爸得传染病的事最终还是穿了帮。一天，我爸一回家就问我：“那天晚上，我就接会儿电话的功夫，你都跟你外婆说了些什么？”

“我没有外婆。”我很坚决地告诉我爸，“我妈都死了那么多年了，我们跟她没有半点关系了，你以后一分钱也不要给她。”

“你这孩子！”我爸戳我脑门一下说，“好好的咒我得什么传染病，我说怎么这些天大伙儿见了我都捂着鼻子绕道走。”

我哈哈大笑。

他认真吩咐我说：“我再说一次，以后这些闲事你别管，更不许去听任何人说三道四。你爸爸不傻，没那么容易上当受骗的。”

我才不信他，明明就是好了伤疤忘了痛。

周末是学校的运动会，放学比平时都要早。我回家时看到我爸车子在，他车子的旁边还停着一辆悍马。那车真是又高又大，把院门都挡住了大半。车牌号也很霸气，一连串的8。我刚进院子，就听到屋子里传出一声巨大的声响，我觉得不妙，飞跑过去把门推开来，就看见我爸平时泡茶用的玻璃杯碎在地上，里面的水和茶叶溅了出来，还冒着腾腾的热气，客厅中央的旧地板被砸出一个很大的窟窿来。

我爸坐在餐桌旁，坐在他对面的是一个陌生的男人，个子不高，皮肤很黑，剪个平头，样子看上去极为普通，眼神里还有些许的……凶光。

不用说，那个杯子一定是他扔的。

见到我进门，我爸吃了一大惊，结结巴巴地说："你，你怎么回来了？"

"学校运动会。"我说。

"叫伯伯。"我爸吩咐我。

"伯伯。"我的声音小得像蚊子。

坐在他对面的男人盯着我看了半天，朝我笑笑，忽然站起身来走到我面前，从包里拿出厚厚的一沓钱，往我面前一递说："伯伯来得急，也没准备红包啥的，这见面礼你收下。"

我低头一看，我的妈呀，至少一万块。要知道，我这辈子收过的最大的红包，就是上次回福建过年我爷爷给我的六百块，最后我还没用，全交给我爸了。

"大哥你可千万别！"我爸急着去拦他。

他已经快速把钱塞进了我的校服口袋里，大步往门外走去，一边走一边指着地上的碎玻璃对我爸说："把这里收拾收拾，四五十岁的人了，以后别这么毛毛躁躁的，连个杯子都拿不稳。"

他说完，拉开门走了出去，院子外面很快传来汽车发动的声音。

"谁啊？"我问。

"一个老朋友。"我爸拿了扫帚，一面收拾地上的残渣一面回答我。

"挺大方的啊。"我捏着那一万块钱对他说。

他放下扫帚走到我面前，毫不留情地把那些钱从我手里抽走说："这钱不能拿，我改天还回去。"

"哦。今天运动会，我拿了两个第一，百米短跑和三千米长跑。其实跳远和跳高我肯定也可以是第一，但是我没参加，我觉得还是低调点好。"

"是吧。"他显然没有在听我说什么，心不在焉。

"你到底有没有在听我讲话！"我朝着他跺脚。

"小安。"我爸把手放在我肩上，好像有千言万语想跟我说，却又不知道该如何开口，我能感觉他内心的忧虑和不安，于是轻轻抱住他说，"我已经长大了，任何人要是胆敢欺负你，我都会保护你的！"

"瞎想啥，没有的事，没人会欺负爸爸。"他推开我说，"我现在得出去办点事，要是阿姨做好饭我还没回来，你先吃。"

“哦。”我轻快地说，“明白！”

他前脚刚出门，我后脚就从后院溜了出去。我从后面抄小路飞奔到大路口，刚坐上出租，就看见他的车从小区里面慢慢驶出来。

“跟着那辆黑色别克。”我对出租车司机说。

出租车跟着他绕过几条街，大约二十分钟左右，他的车停了下来，我看到他下了车，走进了路边的一家服装店。天又落起了小雨，怕他发现，我退到街对面小超市的屋檐下观望。差不多半小时的样子，他推门出来，开车离开了。

我没再跟着他，而是决定去那家服装店探探虚实。

我过街，走得很近了才看清楚那家小店的招牌：雀斑。

雀斑？这名字还真有点意思。我定了定神，推开门走了进去。店主是个相当漂亮的女人，一袭休闲的布衣，头发挽成个松松的髻。见我进去，也不热情，只是淡淡地说：“随便看看。”仍然低下头缝补什么东西。但是突然地，她又抬起头问我说：“你找小薇？”

我摇摇头。

“你是天中的吧？”她看我的校服问。

我点点头。

我注意到，她手里缝的好像不是衣服，而是一个四四方方的像相册一样的东西。见我好奇地盯着看，她笑笑，把它放进抽屉里问我：“是要买衣服吗？”

“我姓维。我来找我爸。他说今天我放学的时候他会在这里。”

“哦，你是维厂长的女儿？”女人恍然大悟地说，“他是来过，但刚刚走，你要不要打个电话给他？”

“不用了。”我看看四周，她店里的衣服并不多，但布料柔软，款式特别，挂在墙上虽不言不语却别有一番风味。虽然我对服装完全不懂，但我感觉我一向爱美的妈妈一定会喜欢。搞不好，这就是她以前常常光顾的地方！

女人走近我说：“你喜欢什么款式告诉我，我可以专门替你做。就是手工做出活慢，不过有的款式你爸爸选中了去厂里打版，等他的厂房建起来，就会多生产一些了。”

“阿姨你真漂亮，跟你做的衣服一样。”我露骨地夸她，只为了跟她套近乎。我已经迫不及待地想从她的身上得到一点我渴望已久的讯息了。

“嘴还真甜。”她笑着说，“我女儿跟你一般大，可是从她嘴里，我就没听过一句好话，整天板着一张脸，好像全世界的人都欠她的一样。”

“那是因为她身在福中不知福。”我说。

“光看你，就知道你妈妈一定很漂亮。”她说。

“怎么我妈妈没来过你店里吗？”我装作不经意地问。

她说：“真抱歉，也许来过吧，可我还真不认识。其实我跟你爸爸也是刚认识不久。我是外地人，今年夏天才搬来这里的。”

就在失望像雨水一样漫过我头顶的时候，一个女孩推门而入。不用说，肯定是她女儿。她背了一个大书包，手里拿着一把伞，对她妈说道：“下雨了，给你送伞来。”

我立刻认出她，是我们学校的，就在今天运动会上我才见过她。记得比赛后我口渴了，去小卖部买水喝，看见她指着那个巨大的冰柜对她身边一个小个子男生说："可惜没有哈根达斯，那我就将就一下吧。"

男生很高兴地付了钱，三块五，还替她把冰淇淋上面的包装纸撕掉，巴巴地递到她面前。那一刻我记住了她的笑，怎么说呢，与众不同，却也令我不耻。

反正换成是我，就算穷死渴死，也不会花男生一分钱。

她妈妈指着我说："这是你同学，你们要不要认识一下？"

我很礼貌地对她微笑。

她把伞放到墙角，只是看了我一眼，嘴里"嗯"一声，算是淡淡地回应了一下，就转身出了店门。倒是她妈妈，很不好意思地跟我打招呼说："你别介意啊，我家小薇总是这样，不太会与人打交道，以后还要跟你多学习。"

后来我知道，她叫阙薇，跟我同年级但是不同班。有人称她为：校花。我们在学校里还偶遇过很多次，但从未打过招呼。她妈说得没错，她的确长了一张臭脸，所以我一点儿也不觉得她好看。但不知为何，每次擦肩而过，她眼底天然的敌意总令我略有不安。我一向准确而敏锐的直觉告诉我，她会是我的某个对手，搞不好某天就会站到我面前来直接对我宣战。

不过，没什么好担心的。如同每次跟我爸下棋，我看似步步惊心满盘败局，最后却总能柳暗花明独招制胜。我笃信智者必胜，能于不动声色中观赏对手从得意洋洋的巅峰跌落到捶胸顿足的境界，实属人生至爽之事。

所以，对我而言，最重要的从来都不是那些看似华丽的过程，而是最终尘埃落定的结局。

4

因为从小养成的好习惯，无论什么天气，我总在清晨五点准时醒来。洗漱完毕后，在院子里练会儿功，然后背上书包跑到学校，在离校门口不远的面馆点上一碗阳春面，放多一些葱花和辣油，连面汤都喝干净，心满意足地去上学。当别的同学们踩着铃声一窝蜂挤进教室的时候，我早就看完了手中的半本闲书，开始背诵英语单词了。

我很用功，又聪明，加之阅读面广，成绩很快就在班上显山露水。以前那些瞧不起我、觉得我是乡下妞的同学也开始愿意主动来跟我讲话，与我探讨一些问题。老师也开始信任我，让我代表班级去参加各种比赛。我努力将自己融入集体，是因为我知道，一个真正优秀的人，必须拥有在任何环境下都能愉悦生活的能力。

你真正比别人强，别人才会从心底真正地服你。

那天早上，已经是深冬了，我背着书包跑过西落桥的时候，发现那里好像出了什么事。其实最初吸引我，令我停下脚步的是路边的那辆悍马车，一看尾号我就知道，肯定是在我家门口停过的那辆。

奇怪的是，这个时刻，它怎么会停在这样的地方？

我抬头，看到桥上站着三四个人，正在往桥下指指点点。我跑过去，就听见其中一人在讲："好像是刘国栋的二女儿！"

刘国栋！听见那个"栋"字，我猛然就想到了我妈笔记本里那张撕碎的纸条，心里咯噔了好几下。然后我看见旁边那人往地上吐了一口痰，恶狠狠地说："莫管！刘家作恶多端，死了也是报应！"

我从桥上探头往下一望，就看见有一个女子，披头散发地站在河中央，河水已经漫过了她的腰部，她还在费力地往前继续走着。看那样子，不是什么好事。

我没犹豫，转身跑下桥飞快地往河边冲去。我跑到河边，扯着嗓子朝她大喊："喂，你要干什么！危险，别往前走了！"

她只是回头看了我一眼，发现不认识我，又很快地转过头去，继续摇摇晃晃地前行。

我继续大喊："小心水里有毒蛇！"

她成功地被我吓住了，停下了脚步，好像在犹豫。

就在我们僵持的时候，我看到几个男生从桥上直冲下来，带头的那个，发型真是非常奇怪，一根一根像钢丝一样竖着，整个一"钢丝头"，仿佛刚参加完外星球的战役光荣归来。

"刘二！你给我回来！"他一面叫，一面把手里的扑克牌扔得满天都是。看样子，应该是整天蹲在桥边玩"炸金花"玩到天亮的那帮小混混中的一个。

女子又回了一下头看了看岸边，不过这一回她多了个动作，从水里艰难地抬起手来，冲着我们挥了挥。

“我二姐喝高了，你们谁下去拉她？”“钢丝头”跳着脚问后面的几个男的，“老子不会游泳，谁会谁去啊！”

那几个人你看看我，我看看你，都摇摇头。

“报警吧。”有人弱弱地提议。

“刘二，你给我回来！你敢再走一步我跟你没完！”“钢丝头”继续跳着脚喊，然后从裤袋里掏出手机，手抖抖地一边拨号一边骂骂咧咧：“操，打什么号啊，110，120，还是119啊？！”

就在他叽叽歪歪的时候我转头再看前方，差不多只能见到那女子的肩部和头部了，她一步没走稳，整个人就完全没入了水中，岸上一片尖叫声，但依然没人动。

“救人啊！”“钢丝头”扔掉手机，发出声嘶力竭的叫喊，“我给钱，一千，五千，一万！”

其实，在他喊到五千的时候，我已经丢下书包，穿着校服应声入水。

冬天的水冰凉冰凉，但水流不急，加之她走得也不算太远，凭借我在乡下小河里练出来的过硬游泳本领，我很轻松地游到了那个女子的身边，一把揪住了她的头发。梅叔教过我，水下救人其实最怕的就是她死缠着你不放，溺水的人力大无穷，搞不好能将你一起缠死。但好在她一点儿不挣扎，压根没有求生的欲望，我也用不着多此一举一拳打晕她。不过，就算是在水里，我也闻到她身上那股刺鼻的酒精味，天知道她到底喝了多少酒，搞不好还用一桶白酒泡过澡。我憋住气，很顺利地侧身搂住她的脖子，她也没任何反抗，任我慢慢地拖回了岸边。

这时，岸上围观的人已经明显多了起来，大家帮着我把她拖上了岸，四周响起了一片热烈的欢呼声和掌声。

我跪在她身边，拍拍她的脸，她没反应，但嘴角好像有隐约的笑意，看得人心里毛毛的。

我这才看清楚她的相貌，应该年龄不大，最多不会超过二十岁，脸上化了浓妆，但早就花得一塌糊涂，长长的假睫毛掉下来一半，头发夹着泥土粘在脸颊上面，人不像人鬼不像鬼。

“女侠，她是不是死了？要不要人工呼吸？”“钢丝头”弯下腰来，谦逊地问我。

我没答他，而是迅速抬起她半个身子，让她靠着我的膝盖，将她的手放在脖子下，双手上下摇她的双肘。她很快歪过头，几大口污水顺利地吐了出来，等她缓过劲来，半睁开眼睛，随口而出的是一句虽气若游丝但惊涛拍岸的话：“给我一个帅哥，给我一个帅哥，我要帅哥……”

“帅你妈的头！命都帅没了！”“钢丝头”抬起手，当众给了她响亮的一耳光。可是我听他的声音，却明显带着过度惊吓后的哭音。

“小心她没淹死，倒被你打死。”我提醒他。然后我站起身来，背上书包，不顾“钢丝头”在后面的呼喊，在众人仰慕的目光下一路小跑，离开了现场。

这样子肯定不能去学校，我跑回家换衣服，我爸刚起床，见到我浑身湿淋淋的模样，吃惊地问我：“你怎么了？”

“掉河里了。”我说。

“怎么会掉河里？”他莫名其妙。

我咯咯地笑起来：“成功救了一个女的，她要自杀，我正好路过。”

“不是吧！”我爸紧张得要死，他一把拖过我，抓得我胳膊都疼，一本正经地教训我说，“维维安你给我听好了，你还没满十四岁，你还是个孩子，爸爸让你学武术，只是为了强身健体，关键的时候能保护自己，不是让你去乱逞能的，你知道不知道？”

“爸你什么觉悟啊！”我责备他，“从小你还教我要乐于助人，要与人为善，怎么你全都忘了！”

“爸爸这不是担心你吗？！”他上上下下打量了我一番，确定我啥事儿没有，这才终于放开我说，“你快去洗个热水澡，我开车送你去学校。今天要迟到了。”

我洗完澡出来，他已经泡好姜茶给我，我咕噜噜喝完，和他一起上了车。时下正值上班高峰，车子多得要命，我爸一面开车，一面看表，一面摇头，一面叹息。

“还不如我跑着去。”我说。

“你还是坐着吧，我怕你感冒。”他开大了车里的空调。

“还是乡下好。”我说，“不明白你回来干嘛。”

他呵呵笑：“老实说，我也有点后悔。”

“我不介意回去啊。”我故意试探他。

“那怎么行！”他说，“新房子都快装修好了，离天中高中部很近的。你顺利考上，我也就安心了。”

“听你的口气，我考上了，住校了，你就可以不管我了是吗？”

“那当然。”他开心地说，“到那时候，爸爸就可以开始新的生活了，哈哈哈。”

算了算了，我懒得拆穿他，就前不久他还信誓旦旦地说生命里只有我，将来要给我当保姆什么什么的。看他这样，说不定是在花花世界里遇上了什么漂亮妞，变了心吧。

成年人，还真是不可信。

路确实堵得可怕，就这样红灯停，绿灯行，一路折腾到学校，早读课早就已经开始了。我刚下车，就看见那个服装店的老板娘，手里拎着一个保温饭桶，正在学校门口徘徊。

我爸也下了车，扬声问她：“爱玲，你在这里干吗？”

她见了我们，像见了救星一样迎上来说：“我家小薇早上走的时候忘了带饭了，我想送进去，学校还不让进。”

“让小安替你带进去吧。”我爸热情地说。

“真是太感谢了。”她把那个饭盒往我手里一放说，“她在二班，叫阙薇。学校食堂的饭菜，她吃不惯，就一点都不吃。”

我双手接过那个沉甸甸的保温桶，闻到她身上一种特殊的味道，忽然觉得心里有点酸酸的。从小到大，我都好像没有享受过这样的待遇。除了晚餐是钟点工阿姨做好以外，我的早餐和午餐一向都是自行解决。虽然我打小就不是那种娇生惯养的女孩，但并不代表我内心对此没有失望和缺口。

我又想到，如果我妈妈还活着的话，也像她一样年轻漂亮吧。我们应该可以像姐妹一样，一起聊天，一起逛街，一起欺负我爸爸，她给不给我送盒饭都没有什么关系。

可是除了和我一样寂寞的小小安以及阁楼上一语不发的箱子，关于她，我还有什么呢？

我什么也没有。我甚至连她的过去都一无所知。我心里这个遗憾的洞，该如何才能将它填满？

“快去呀，发什么呆！”我爸拍了我背一下。

我抱着那个保温桶跑到学校门口，回头望，发现那个女的上了我爸的车，我爸正弯腰替她开车门，看样子是要顺路把她送回家。

唉，他自己就是这样一个滥好人，还好意思说我。

课间操的时候，我拿着那个饭盒到初一（2）班找阙薇。他们班跟我们在一幢教学楼，只不过我们在二楼，他们在三楼。我刚爬上三楼就看见了阙薇，她穿着校服，头发扎起马尾，正靠在走道的墙边和两个男生聊什么。

我走近了，把饭盒递给她说：“你妈妈叫我送给你的。”

她稍有些吃惊，但还是很快地接过去，并跟我说谢谢。

我刚转身，就听见她在我身后笑着对那两个男生讲：“我们家阿姨做的饭菜真的太难吃了，我故意不带的，我妈真是烦，老说什么学校饭菜没营养，吃了不长个！生鱼片什么的都快把我吃吐了。”

“你想吃什么，我中午出去给你买啊。”有个犯贱的男生问她。

“我没胃口。”她说，“反正也在减肥！”

“不会吧！”男生惊呼说，“你这么瘦还减！”

“或者你去给我看看，有没有出前一丁的方便面，我在日本的时候最爱吃，不过国内总是买不到。”

我莞尔，忽然就觉得，我一点儿也不嫉妒她了。我虽然没有妈妈亲自送上门来的爱心盒饭，但是我拥有的东西一定比她多得多。亦舒不是还说过这样的一段话吗：真正有气质的淑女，从不炫耀她所拥有的一切，她不告诉人她读过什么书，去过什么地方，有多少件衣服，买过什么珠宝，因为她没有自卑感。

我看那个叫阙薇的，真是自卑到一定境界了。

5

关于我救人的事，不知道为什么就在学校传开了，就连班主任也特意把我叫进办公室，要我讲述事情的来龙去脉。

“不是我。”我矢口否认，“没有的事。”

“那还真怪了。”老师说，“有经过的同学一口咬定是你。”

“可能是我长了一张大众脸吧。”我说。

我出了办公室就看见花枝，她靠在操场边的一棵树上，手里捏着的依然是她最爱的蒜香青豆。见我走过，她不屑地说：“那么搏命演出，就因为对方是富家千金吧。果然跟你妈一样，做梦都想嫁进豪门。”

我站定，命令她：“你说什么？再说一遍。”

“有错吗？”她说，“谁不知道你妈是个地地道道的拜金女！”

我冷静地对她说：“你信不信，一分钟之内，我可以把你倒挂在这棵树上。”

“你根本不是什么英雄，你的基因决定了，就是一个小人！”她说完，勇敢地和我对视了三秒，最终还是选择投降，飞快地跑远了。

那一刻我真庆幸我妈是领养的，如果我的基因跟她一样，我真不如在前面这棵大树上一头撞死算了。

本以为这件事就这样过去了，哪知道周五放学，我刚走出校门就被一男生挡住了去路，并用他蹩脚的英文跟我打招呼："Hi，女侠，It's Me！"

我定神一看，竟是那个"钢丝头"。不过这一回他的发型又变了，不再竖在头上，而是染成了深紫色，刘海又长又斜，乍一看就像是在商场门口玩cosplay的人戴的那种假发，相当出位。

见我认出他来，他双手抱拳对我说道："在下要麻烦女侠跟我走一趟！我二姐急着要见她的救命恩人，快急出病来了。"

"她没事了吧？"我问。

"放心，完全O那个K！话说那天她失恋了，酒又喝多了。都不知道自己在干什么。酒醒了以后她吓得半死，对你更是感激不尽！我敢保证，要不是这事不光彩，她指定敲锣打鼓来你们学校送锦旗了！锦旗上写着：恩人维维安，谢谢你给了我第二次生命！"

"你怎么知道我的名字？"我警觉地问。

"初一（9）班，维维安小姐。"他轻佻地扯我校服一下说，"哦对了，你可能不知道，这是我的母校，里面有很多我的线人，还有马子。"

见我拿眼瞪他，他马上又知趣地说："你可千万别有啥异样的感觉，在下对女侠断然不敢有任何的非分之想！"

不明白他来找我的意图，我觉得我还是小心点好。于是我伸出一根手指指着他，警告他说：“不许跟着我！不然直接把你扔到河里去！”

“No，No，No，你完全搞错了，不是我跟着你！是你要跟着我！”他表情夸张地说，“我二姐下死命令了，今天无论如何都要找到你。如果我这点小事都办不好，她一定会挑断我的脚筋，戳瞎我的双眼，剥了我的头皮，把我扔到油锅里炸香了，直接拿来喂dog！”

“那关我什么事？”

“你是侠女呀。”他油嘴滑舌，“路见不平，还能不拔刀相助么！”

“你叫什么？”我问他。

他甩甩头发说：“免贵姓刘，刘就是姓刘的刘，翰是很难写那个翰，文嘛随便什么文都ok。”

“我那天救的人是你姐？”

他伸出两只爪子在空气中猥琐地抓了两下，朝我一挤眼：“是我二姐刘波，波嘛就是女生的那个，波波，你懂的，哈哈哈。”

“那天路边停的那辆悍马又是谁的？”

“是我爸的。”他说，“怎么？”

“没事，带路吧。”我说。

他一听我答应去，立马乐了，喜滋滋跑到路边拦了一辆出租车，他坐在前面，我坐在后面。我听到他对司机说：“去易龙。”

我知道易龙，那是年轻人聚集的一个商场，离我们学校很近，公交车两站路，如果步行过去，也不过十分钟而已。

我说：“有必要打车吗？那么近。”

“赶时间啊。”他说，“话说你对我爸那辆车好像比对我们姐弟俩更感兴趣。”

“是的。”我说，“我喜欢那车，很霸气。”

“你的意思，像我吗？”他臭屁地问。

“不像。”我老实地答。

出租车不到五分钟就飙到了目的地。我下车，就又看见了那辆悍马，它就停在停车场的最外面。我发现我的心跳得快起来，说不定那个叫刘国栋的人，此时此刻就在里面。如果我们撞见，他认出来我，我该怎么办呢？是不是可以直接问他：“你认不认识我妈妈？”

见我盯着那辆车看，刘翰文拖我一把说：“你这么喜欢，回头让二姐开这车带你去兜兜风！”

“不是你爸的车吗？”我说。

“我爸出差在外，就被我二姐偷用了！”他说，“这里五楼是我二姐开的KTV，刚营业，以后没事你常来玩。”

“你们都很喜欢唱歌吗？”我问他。

“Sure！”他在电梯里摇摆着身子问我，“你呢，都会唱什么？”

“国歌。”我说。

他看了我一眼，评价我说：“幽默！”

不过我也没撒谎，尽管我喜欢音乐，但那些情情爱爱的流行歌曲，很少有一首能打动我。

电梯在四楼停了下来，刘翰文告诉我，他二姐的办公室在四楼。他带着我弯弯绕绕，一直来到走道最顶头那一间，推开门，我就看见了一个女生，把腿跷得高高的，正在打电话。这回她没有化妆，头发也扎起来，以至于我完全没法认出她到底是不是我从河里救起来的那个妖孽。见到我们，她迅速挂了电话，起身迎接。

刘翰文从后面推我一把，大声对她说道："刘二啊，历尽千辛万苦，我终于把你救命恩人带来啦！"

"谢了。"刘二说。

"废话！小爷我什么时候掉过链子！"刘翰文一面说着一面朝她摊开手掌。她拿出钱包，给了他好几张红票子，吩咐他说："就这么多了，我警告你哈，输掉内裤什么的别再来找我，让你妈给你送遮羞布去！"

"你又不是不知道，俞洁同志早已经主动放弃对我的监护权了！"刘翰文说完，把那些钱塞进屁股口袋，在一秒钟之内消失得无影无踪。

俞洁！听到这个名字，我脑袋里像有一群蜜蜂飞过，嗡嗡嗡乱响了好一阵。混乱之后，我脑子里闪过这样一堆关键词：栋，鲜血。俞洁，大红叉。扔在我家地板上的水杯。一万元的见面礼。我再也不怀疑这家人确实和我妈曾经有着千丝万缕的联系。如此说来，我和他们的认识，算不算得上是命运在冥冥之中的安排呢?

刘二拖过一张椅子招呼我说："坐啊，别客气。"

淡妆的她其实还挺漂亮，特别是嘴唇，性感而又丰满。她今年多大，十九？二十？如果是的话，我爸妈离开这里的时候她应该是五六岁，不知道她会不会对我爸妈有印象。

“我姓维。”我试探地说，“维持的维，这个姓你听说过吗？”

“还真没有。”她说，“我叫刘波，不过大家都叫我二姐，你也可以这么叫。”

“你跟刘翰文，长得不太像。”

“哦，我们不是一个妈。”她大方地说。

我的眼光忽然被对面的“照片墙”所吸引，整整一面墙，贴满了各种各样的照片，有彩色的，也有黑白的，各种尺寸，各种风格。

我站起身来走近它，指着其中一个漂亮的小姑娘问她：“这是你小时候吗？”

“这是我在丽江拍的，路人而已。”她说，“其实连名字都不知道。”

“你一定去过很多地方吧？”我羡慕地问。

“大半个中国吧。”她说。

“这些照片全都是你拍的吗？”我问她。

“准确地说，是我年轻的时候拍的。”她笑着说，“我爱过一个摄影师，不过那是很久以前的事了，久到我自己都快忘记了。”

“但你还留着这面墙。”

“哈哈。”她笑，“我留着它最主要的目的，不是怀念，而是让它时时刻刻地提醒我：刘二，你曾经是个傻逼，你以后不能再是一个傻逼，就这样。”

“没有全家福吗？”我沿着照片一张张找过去，希望能找到俞洁，看看她到底长什么样。

“全家福？太土了吧。来吧，小安，我们来说点正事。”她招呼我走到她身边，当着我的面打开抽屉，从里面拿出一个厚厚的信封，推到桌子前方，说，“我今天请你来，一来是想当面向你表示感谢，谢谢你那天救了我；二来是为了兑现承诺，听说翰文当时在岸边许下承诺，谁肯下水救我，就给谁一万元。”

“我救你，不是为了奖金。”我说。

“这我当然知道。我也知道这个小城里，有很多人恨我们刘家，特别是恨我爸爸，他们觉得，他为了私利，毁了他们的家园。其实，他们忽略了我爸为这个城市所做的贡献，要不是我爸，西落桥那边就是一个永远的垃圾场。小安，这个钱请你务必收下，我不想别人觉得，我们刘家是那种说话不算数的人家。”

“你放心吧，这个城市每天那么多新闻发生。我不说，你也不说，大家很快就会忘了这件事。”

“这里是一万块！”她拍了拍信封，仍然有点不相信我的拒绝。

“收回去吧。”我说，“交个朋友。”

她好像被我“朋友”两个字打动了，看了我好一会儿，她终于慢慢地把信封放回抽屉，不过忽然间，她又从抽屉里抓出一把糖来递给我，有点不好意思地说：“你第一次来做客，我总得款待你点啥吧。”

为了让她好过一些，我接过来，麻利地剥开一粒，丢进嘴里。

酸酸的香橙味，小时候的味道。

“好吧，就让我来试试，如何跟一个十四岁的小朋友做好朋友。”她拍了一下手，深吸一口气，好像做了一个很大的决定一样。

我正担心她是不是嫌我太嫩的时候，她很快又补充说：“不过小安，我觉得，你和其他任何一个十四岁的小姑娘都不一样。”

好吧我承认，其实她说得没错。

6

春天再来的时候，我的人生已经有了诸多变化。我升入初二，个子长高了，我当了班长，我们搬入了新家，我和刘二，也成了真正意义上的朋友。

新家在一个高档的小区内，是顶层，还有个很大的屋顶花园。我爸特别在花园给我放置了一个秋千。说起来这真是很滑稽的一件事，小时候他希望我像个男孩，大大咧咧一往无前。但随着我年龄的增长，我没有公主病，反倒成了他的心病。就在前不久，他还专门找来那个服装店的老板娘替我量身订做新衣，各种款式各种花色各种布料，但我还是宁愿整天穿着我的校服和运动服，外面再套上我灰扑扑的羽绒服。

没什么，就是自在。

我把那些新衣服统统扔在衣橱里，让它们睡大觉。对此我爸极为不满，吃饭的时候，他忽然问我："爱玲阿姨给你做的衣服，你怎么不穿呢？"

我回答他："没合适的场合啊。"

"又不是晚礼服，要什么场合。"他哄我说，"明天穿上呗！"

我说："你对那些衣服那么关心，是因为它们很贵吧。"

他说："怎么会？布料是我们自己的，人家友情帮忙，只收了一点点手工费。"

手工费！还真想得出！那个叫什么爱玲的老板娘，一看就是在打他的主意。我不否认她很漂亮，但是漂亮又不能当饭吃。光看看她女儿就知道她心术肯定正不了。并且有一次我就亲耳听见她跟我爸讲，要是将来她家小薇考不上天中，还要请我爸帮忙什么的。我爸那个傻瓜，这边动不动跟我说维维安你要自己努力考上天中哦，爸爸最不喜欢求人，那边却拍着胸脯对她说没事没事全包在我身上！你说我气不气？

所以，我才不要穿着她做的廉价衣服，替她做免费的模特，好让她以此为砝码，趁机向我爸提出更多非分无礼的要求来。

"你觉得爱玲阿姨手艺如何？"偏偏我爸还在不折不挠地问。

"就那样吧。"我吞下一大口饭。

"怎么会呢？"他说，"大家评价都很不错啊。去年她替我们厂设计的几款服装，投入市场反响都相当不错，有一款在网上好几次卖断货。"

"那她也应该赚了不少吧。"我说。

"双赢。"我爸嘿嘿笑。

"小心被人骗，别忘了你自己是黄金单身汉！"看他那忘形的样子，我觉得我实在有必要提醒一下他。

"胡扯啥！"他骂完我，忽然很紧张地问我，"听说现在的孩子都早熟，在学校里都成双成对的，到底是不是这样？"

"是啊。"我说，"这有什么好奇怪的。"

他把筷子拍到桌上，一本正经地告诫我："维维安我告诉你，你不可以乱来的哈！不然我一定家法伺候！"

"那你也不许乱来。"我说，"别说我没提醒你，做生意这种事，千万不能和感情搅和在一块。"

"说什么乱七八糟的呢？"他装作完全听不懂我在说啥，重新捡起了筷子开始扒饭。

我点到为止，暗自得意。

吃完饭是我洗的碗，新厨房真大，热水放起来哗啦啦的。水像鱼儿一样游过手背，空气中有我刚洒的空气清新剂的芬芳，苹果味的。新家的一切全都是新的，旧房子里的家具因为都用不上，所以全没带过来。离开那儿的前几天，我发现我爸在小阁楼的门上细心地钉上了小木条。只是他不知道，小阁楼的窗户早已经被我做了手脚，看似关上了，但只要从外面稍稍用力一推，就能顺利推开。

我偶尔还是会回去看一看。但那只是我孤独的纪念，无人知晓。

更多的时候，我喜欢去刘二那里坐一坐。我一开始接触刘二的确是怀着某种目的，但后来我开始真的喜欢上她，这个外表一片沸腾、内心却藏着一块巨大坚冰的女孩。我喜欢有故事的人，喜欢陷在她办公室那个柔软的沙发上听她长篇大论地跟我说故事，说她混乱的家、她走过的地方，以及她那些五花八门的恋情。

刘国栋一共娶过四个女人，刘二的母亲是刘国栋的第三任妻子，刘国栋在她一岁那年丢下她和她母亲，跟刘翰文的妈妈结了婚。因憎恨父亲的无情，讨厌母亲的逆来顺受，刘二有过极为叛逆的青春期。十四岁那年，母亲改嫁，做了他人的继母，刘二选择了离家出走，陆续走过很多地方，认识很多的男人。每一次爱，她都是飞蛾扑火，燃烧死去，再凤凰涅槃。最刻骨铭心的是她曾经跟一个快四十岁的老男人在一起生活过两年，那是一个所谓的摄影师，热爱单反，穷困潦倒。为了他热爱的某款哈苏镜头，刘二曾经被逼去当坐台小姐。但这段爱情最终无果，他们大吵一架，用最恶毒的话攻击对方，为了彻底决裂，刘二当着他的面跟年轻的男孩亲热，并开口叫他爹爹，在对方灰败的表情里与过去的自己说再见。

之后她又谈过无数次恋爱，但时间最长的也不会超过三个月。刘二曾给我展示过她手腕上的伤疤，那些都是她失恋后用小刀或者烟头给自己留下来的。虽然经过岁月的洗礼，伤口已经变淡，但那些蜿蜒的痛，却也清晰可见。父亲在山东找到她的时候，正好是她十八岁的生日，她和三个男人同居一屋，白天睡觉，晚上出没，日子已经坏到不能再坏的地步。

她问我：“你知道我为什么肯跟着他回来吗？”

我说：“绑你还是求你？”

她摇摇头说：“都不是。是我看见了他的白头发。我忽然想起上一次见他，他还是个年轻人，跟姑娘们讲起段子来精神抖擞，怎么一眨眼，他都变成老头了？于是我就跟他说好吧，我们回家。”

流浪归来的她洗心革面，在父亲的帮助下开了一家KTV，取名“花样年华”，经营得也算有模有样。只是，她隔段时间必然会喝醉一次，哭着喊着要帅哥，酒醒之后，爱情又再变回生活的调味品，看似可有可无。

周末我爸出差去了外地，我无聊去找她玩，刚走到她办公室门口，就看见有个男生，穿着天中高中部的校服，神情悲伤地蹲在那里。我上周见过他，还看见他在餐桌下面悄悄去牵刘二的手。刘二笑得千娇百媚，像个情蔻初开的小弱智。

“小安。”男生说，“你来得正好，她不肯见我。”

“那你就走吧。”我说，“等她想见你，自然会打你电话。”

“我不想分手。”男孩哭丧着脸说，“我就要高考了，完全没法静下心来复习。她是我学习的动力，我们还说好一起去巴黎，没有她我怎么办？”

我在门外喊刘二的名字。门终于打开了，但是只开了一条缝，刘二都不露脸，只是伸出一只胳膊说：“只准小安进来！”

我握住她的手，她拖我进去，门在我身后迅速地关上了。

我说：“他很可怜，你真不理？”

她笑着说：“你这么心疼，把他收了？”

“我嫌他老。”我说。

“那就让他继续蹲着吧。过了今晚，他就会好的。男孩嘛，都在受伤中长大。”看她的表情，听她的语气，就好像外面那个脚都快蹲断掉的痴情郎跟她没有半点关系似的。

男生忍不住，终于还是敲门，刘二朝着外面高声喊道：

“快滚回去上课，不然永远都别想见到我！”

门外很快安静了，好半天也听不见声响，我问刘二：“真走了？”

“可不？”刘二胸有成竹地说，“他怕我翻脸。”可惜她话音刚落，敲门声就又激烈地响了起来。这回刘二没了面子，杀气腾腾冲到门边，拉开门大声骂道：“你信不信我叫保安把你拖走！”

冲进来的人是刘翰文。他脸色发白，靠在门上喘着气对刘二说：“出事了。”

“不借！”刘二干脆地说。

刘翰文哆哆嗦嗦地说，“实话告诉你吧，这次钱也搞不定了，弟弟我恐怕是真的要坐牢了，你记得替我送饭，糖醋排骨多放点糖。”

刘翰文平日里嘻嘻哈哈惯了，总是一副天塌下来也跟他没关系的慵懒样。但看他现在这个样子，谁都知道不是开玩笑。

“啥事，快说吧！”刘二也有点紧张了。

“我泡了王大头的妹妹。”刘翰文说。

“然后呢？”刘二淡定地问。

“然后，我把她给睡了。”

“继续。”刘二说。

“结果她怀上了。”

刘二朝他大吼一声：“你他妈能不能一次性给我说完！”

“她去医院打胎，没想到大出血。她的血型又很奇怪，听都没听说过！从小医院转到大医院，路上又折腾了半天，现在还在急救室。医生说，可能命保不住了。她家里人，搞不好都报警了。”

“靠。”刘二问，“她多大？”

“十五。”

“挺好。”刘二说，“你真有出息。挺好。”

“怎么办，姐？”从我这个角度看过去，刘翰文整个人缩在那里，脸越来越白，嘴唇却变得青紫，整个人完全怂了。

刘二在办公室里来来回回绕了两圈，终于站定了，对着刘翰文说了两个字：“好办！”

刘翰文抬起头，欣喜地问她：“你想到什么好法子？”

刘二说：“我这就去买本菜谱，看看糖醋排骨怎么做！”

刘二话音刚落，刘翰文抱住头，呜呜呜就哭了起来。

7

有时候，我真的很难去理解刘家姐弟之间的那种情感，我曾见过他俩当众互相掐架，也曾见过他俩低头共享一个饭盒里的食物。他们相差三岁，不知道是不是同父异母的关系，性格迥异，爱好迥异，长相也迥异。不过有一点我敢肯定他们是一样的，那就是他们对花心的父亲并无太多反感，反而对彼此的母亲，都怀着不同程度的恨。

“别想了。”刘二终于还是心软，安慰刘翰文道，“有二姐在，天塌不下来。明天早上，我去医院看看再说。”

刘翰文感激地看了她一眼，然后走到长沙发前，躺下去，用沙发上的小靠垫盖住头，很快，靠垫下面就传来了他轻微的鼾声。

刘二去柜子里找了件厚的衣服替他盖上，又帮他把靠垫从脸上拿下来，垫到头下。

我默默看着她做完这一切，称赞她说：“我感觉你浑身都散发着母性的光辉。”

她忽然问：“你是不是特别看不起他？”

我点头。

她叹息：“其实他也有他的痛苦。有一天你可能会明白，虽然你没有妈妈，但其实比我们都幸福。”

那天晚上，我梦见了我妈妈。她在水里漂浮着，水很清，她的头发像浓密的水草，眉毛像弯弯的月牙，皮肤在水下白得透亮。

我贪婪地看着她的脸，这是我第一次可以如此近距离地看着她的脸，我告诉自己无论如何我都要记住了，记清楚了，永远都不可以忘记。

她伸出一只手，在我的额头上轻抚了一下，我一动不敢动，生怕她会无端端地消失。

她的手忽然离开我，放在她自己的胸口说道：“小安，快救妈妈。妈妈呼吸不了。”她一面说，一面开始急促地喘气。

我伸手去拖她，可是怎么拖也拖不动。我去拉她的胳膊，想把她扛起来，但是，她轻若无物，我一点力也使不上。

她的脸在我眼前无限放大，突然，她不知道从哪里掏出我常带在身上的那把小弹簧刀，一下子挑破了自己的喉咙。我失声尖叫，大量红色的水涌进我的嘴巴、鼻孔、耳朵。我在那个奇异的梦里几乎死于窒息，直到刘二的电话把我吵醒。

“小安，该起了。”她说。

我还在那个惊悚的梦里，整个人呈假死状态，喉咙半天发不出声音。

“你怎么了？”刘二问，“你在不在听我讲？”

我对着电话就哭了出来。

我一哭，她急了，连声安慰我说：“别哭了，是不是失恋了啊，多大个事！回头二姐发两个帅哥给你，保证比玄彬还帅。”

“没事了。”我深深呼吸，逼自己尽快缓过劲来。这样情绪失控，对我来说还是人生第一次，只因为梦里的那个她，实在真实到不可思议。

“别忘了我的事。”她提醒我。

我当然没忘——陪她去医院。

躺在医院生死未卜的那个女孩姓王，叫嫣然，是三中的学生，跟我同级。因为怕被女孩的家人认出，再生什么枝节，刘二不方便露面，所以请我帮忙到医院里面去打听一下女孩到底怎么样了，再根据她的实际情况想对策。

她给我一个信封，里面放了一万块钱，让我见机行事。

中午时分的医院静悄悄，我问了好半天才知道女孩已经脱离危险，刚从特护病房转到普通病房。

我很容易就找到了她，她安安静静地躺在那里，正在挂点滴。看她眼睛闭着，估计应该是睡着了。

病床边坐着一个中年妇女，见我进去，很警觉地问我：“你找谁？”

我轻声说：“我是嫣然的同学，来看看她，她怎么样了？”

她飞快地站了起来，用双手把我往外推：“你快出去吧，她重感冒，需要休息。小心传染到你。”

“没关系，我不怕的。”我说，“老师安排我给她补习，所以我来看看她什么时候可以好起来。”

“她好了我通知你。”她看上去很不耐烦，继续赶我走。

就算不能接近，至少有一点我肯定了——人还活着。无论如何，这都是好事，刘二交待我的任务也算完成了大半。我正准备先离开，忽然听见躺在床上的女孩发出了一连串痛苦的呻吟声。女人连忙跑到她床边问：“你怎么了？”

“痛。”女孩说，“姑姑，我肚子好痛。”

“你等着，我去找医生。”女人说完，急匆匆地就朝外面跑去。她刚一出门，女生立刻艰难地半坐起来朝我招手，我心领神会地朝她奔过去。她附在我耳边飞快地说：“告诉他，死都别承认。我会咬死不关他的事。”

“你怎么知道我是谁？”我吃惊地问。

“我听见你撒谎，就知道你是他派来的。”她虚弱地说。

“我是二姐派来的，二姐让你宽心，她说等你好了，一定还你一个公道。”

“我不怪翰文。就是不知道他会不会很恨我？”

“怎么会，他很担心你，吃不好睡不着。”

“是吗？”

听我这么一说，她竟然吃力地微笑了。我怕她吃不消，连忙扶她躺下，看着她苍白的小脸，还有露在外面插着粗针头的纤细的胳膊。想着她跟我不过一样年纪，就要经历这些不同寻常的痛，自己刚从生死边缘挣扎回来却还牵挂着那个不负责任的混小子，我心里不免庆幸自己还没被什么丘比特的箭胡乱射中，落到这般凄惨的境地。

如果这就是所谓爱情，那么爱情这件事，我还真愿意永远无知。

我来不及说更多的话，她姑姑已经带着医生飞奔进来，我悄悄退出病房，怀着复杂的心情走出医院的大门，刘二的车就停在百米开外。我上了车，对她说："放心吧，没事了。"

"人活着？"

"活着。"我把口袋里那个装钱的厚信封掏出来递还给她。

"不肯要？"刘二松口气问。

"她说她死都不会把刘翰文供出来，还怕刘翰文生她气，我就没掏钱了，怕推来推去的被她家人发现，反而不好。"

"畜牲！"刘二沉着脸说，"我以后再犯贱管他这些鸟事我也是畜牲！"

"做到才算你狠。"她这人就是这样，刀子嘴，豆腐心，自以为精明，却稍不小心就会被人钻了空子。

"心情不错，我先领你去看场电影。先不告诉刘翰文，再给他两小时让他好好规划一下他在狱中的生活。"刘二说着，车子左拐上了一条道，却又忽然想起来，"不好，这条路不太好走，这两天西大街在拆迁，总是堵得水泄不通。"

"西大街拆了？！"我吃惊地问。

"是啊！"她说。

"快，你带我去看看！"我说。

"搞不好已经一片废墟了，有什么好看的？"她不解。

"快呀！"我催她。

她拗不过我，只好开车带我去。一路上，想着昨晚的梦，我的心怦怦乱跳，难道这是某种暗示吗？

路果然很堵，离那里还有半里路，车就不能再开过去了。

路边挤着很多的人，几十名戴着印有“警察”字样头盔的人，身穿迷彩服，有的手上还拿着警棍和盾牌，拉了条黄色的警戒线在维持秩序，不让外人进入拆迁现场。我刚跳下车，就看见一个披头散发的中年女人被好几个人架出来，扔到马路边，她就坐在地上呼天抢地地哭，也没人管。

从这里到我家的老房子，步行至少需要十五分钟。我试图步行过去，却被一名工作人员虎着脸拦下，告诫我说：“这里面危险，不能进。”

“我要去找人！”我说。

“找人打电话！”他还是不让。

“小安你要做什么？”刘二也跳下车来拉住我说，“那里面可去不得！”

我甩开她，不顾一切往里面冲，那个警察上来拦我，被我一把推得老远，差点摔倒。再上来一个想抱住我，也让我成功躲开，我如一只敏捷的兔子，穿过众人的阻拦，直奔我家方向。远远地我就看见，好多台推土机正在疯狂作业，四处尘土飞扬，那片土地像是被原子弹扔过或是被大地震摧毁过，看上去特别夸张。

我在废墟上来回奔跑，试图确认我家房子的方位，但是，失去参照物的我一片茫然。

“喂，这里不许呆，赶紧出去！”有好几个人朝我走过来。他们都戴着头盔和口罩。走在最前面那个，应该是领头的，朝我用力挥着手里的对讲机。

我连忙拉住他问：“3弄22号在哪个方位？”

"还有什么3弄22号？"那人揭下口罩，冲着我大喊说，"这里全拆光了，难道你看不见吗？"

"我要找原来的3弄22号！谁清楚在哪里？"

"把这个小丫头给我揪出去！"

那人一定被我的固执伤到了，大声命令他身后的人。只可惜他们动作远不及我快，不过一瞬间，我已经掏出我的弹簧小刀，跃到那个负责人的背后，用刀尖抵住了他的脖子，在他耳边冷静地说道："我也不想伤你，所以你最好别动，帮我找到3弄22号，我就放开你。"

他显然没想到我有这般功夫，过了好半天才回过神来，对站在对面同样震惊的三个人说道："快去找胡主任！"

他们急慌慌地打了电话，没过一会儿，那个胡主任就屁颠屁颠地跑过来了，我认出来，他是我们这边的居委会主任，一个大胖子，我应该见过他，只是不熟而已。看到眼前的场景，他吃惊地说："你是维厂长的女儿吧，快别这样，快放开叔叔，我带你去找你家。有什么事情咱和平解决，和平解决。"

我收起刀，放开那个人。他倒吸一口凉气，神情紧张地摸了摸脖子。我没说话，但弯腰表示跟他道歉，也许是我的礼貌打动了他，他大度地挥了挥手示意我离开。走了好几步我回过头，发现那几个人都没跟上来，但一个个都紧盯着我的背影在看。

大约走了五分钟左右，胡主任指着前面说："你家应该就是在这边，但具体方位我还真说不清楚了。"

我四下张望，希望能找到点什么有用的线索。

“小姑娘，丢了什么东西让你爸爸再买，这里找不到了，赶紧出去吧，危险。”

胡主任走到我身后劝我。就在这时候，我眼前一亮，我看见了一根破旧的拖把。那应该是放在我家院子里的一根旧拖把，对，就是这里！

我跑过去，跪在地上，用手去搬那些巨大的土块和碎瓦，我希望能看到小阁楼的木头窗户什么的，但是除了土和断裂的钢筋我一无所获。

因为没有工具，手指很快就被划破了，但我顾不上那么多，我疯狂地用手指扒着那些鬼玩艺，希望可以见到奇迹。我恨自己的无能，我恨我爸，恨他整天在外面忙，任由最珍贵的我妈的纪念物就这样被活活埋葬！

胡主任又过来拖我，我红着眼让他滚开，那些熊熊的恨点燃了我，以至于我完全无法控制自己。想着昨夜梦里决烈的她，我脑子里的唯一的信念就是，哪怕今天我手挖断掉，我也必须把她的箱子给挖出来！谁也休想阻拦我！

胡主任用一只手握着手机，努力往我面前伸，哄我说：“小姑娘，你来接个电话，你爸爸的！他说你要的东西在他那里。”

我跪在地上，喘着气把电话接过来，电话那边立刻传来我爸咆哮的声音：“维维安，你到底要搞什么！”

“我要箱子！”我说。

事到如今，我也不想再跟他遮遮掩掩了。

那边沉默了好几秒，这才回答我说："乖，爸爸晚上回家，你在家里等我。我给你箱子，好不好？"

我把电话还给胡主任，不能确定我爸是不是在骗我。我摇摇晃晃地站起身来，看着满地的黄土和漫天的灰沙，似乎把半边天都染灰了。我的指尖破了，还在滴血，但是我已经麻木，不知疼痛。

我任由胡主任牵着我走出去，刚过警戒线，就看见刘二直冲了过来，她一把抱住我说："小安，你没事吧，急死我了，他们不让我进去！"

我朝着她摇摇头，努力微笑，可是为什么眼泪却好像遮住了我的眼角。

"把她看好，刚才多危险啊。"胡主任对刘二说，"还有啊，以后无论如何要把她的刀给没收了，小姑娘家家的，带个刀像什么话！"

"刀？"刘二丈二和尚摸不着头脑。

我快步往车子那边走，刘二穿了高跟鞋，跌跌撞撞地跟着我，一边小跑一边问我说："小安，我怎么觉得我一直都搞不明白你？"

当我坐在她的办公室，让她给我清洗手上的伤口的时候，她又把这句话重复了一遍，她说："小安，我怎么觉得我一直都搞不明白你呢？"

我紧闭着嘴不说话。

不奇怪，其实很多时候，我也搞不明白我自己，搞不明白我的欢喜和悲伤、我的倔强和别扭。

我从来都有足够的自信和耐心，去等待去追寻我想要的一切，我明明可以缝补这坏得不成样子的世界，但此刻，不知为何，我强大的自信却如往日那一大片房屋，倾刻间全都摧枯拉朽了。

这种感觉，还真不算太好。

8

夜里十点，他赶回来，在屋顶花园找到我。我在秋千上晃着不说话，等他先说。他拉了小花台旁边的一张小椅子坐下，点了一根烟，我知道他并无烟瘾，除非很烦躁，才会吸上两口。果然他已经什么都知道了，责骂我说："公共场合，居然持刀对着别人的脖子，简直让人不敢相信！这回算你命好，别以为你未成年，人家就不会把你抓起来！"

"抓起来也好。"我说，"你也省心了！"

"还顶嘴！"他凶我。

懒得跟他绕来绕去，我直入主题："箱子。"

"什么箱子？没有箱子。"他矢口否认。

"放在小阁楼上的箱子。"

"那是钟点工阿姨的，她拿走了！"

"你撒谎！"我揭穿他，"那明明是我妈妈的。里面的东西全都是她的！"

"维维安，你开过那口箱子？"他大惊。

"是的。"我坦白。

他按灭烟头，愤怒地说："你知不知道，我最讨厌你这些小滑头！"

好吧，讨厌。就算我能理解他的讨厌，我也完全不能理解他的愤怒到底从何而来，我是我妈的女儿，我不过碰了本来就应该属于我的东西，我有什么过错呢？

“你听着，以后不许这样！”他一本正经。

“怎样？”我昂起头问他。

“做事情，要用脑子。有什么事，也可以直接跟爸爸说。”

“那你直接跟我说吗？”我说，“我长这么大，我妈妈到底是什么样，她做过些什么，她喜欢什么，她讨厌什么，我都一无所知，你觉得这对我公平吗？”

“你听好，”很明显他在耐着性子，“你妈妈已经死了。”

“是的，死了！”我朝着他大吼，“就因为她死了，所以我才要那口箱子，不可以吗？”

“不是不可以。”他吞了吞口水，艰难地说，“可是，这有什么必要呢？”

“有！”我说，“因为她是我妈妈，我是她唯一的女儿！维大同，我告诉你，你最好把它还给我，你最好把我妈的故事从头到尾讲给我，不然，我迟早会用我自己的方式去调查得一清二楚！”

“你这是疯了吗？”他张大嘴。

“随便你怎么想。”我说完这一句，就跳下秋千，直接跑到了楼下。他紧跟着我跑下来，对我招招手，息事宁人地说：“好吧，小安，我想我们需要好好谈一谈。”

“只谈我妈，不然免谈。”这一次我必须得强势点。

“你先坐下。”他招呼我。

我正想坐，忽然就看见茶几上放着一个方形的首饰盒，很精美，一看就是女人的东西。我伸手要去拿来看个究竟，他阻拦我，心怀鬼胎地捂住盒子说："没什么好看的。"我在他腰眼上用力捣鼓了一下，趁着他弯腰的当口我已经顺利抢到那个盒子，跑到一边打开来，看到里面装着一条特别美的珍珠项链，那珍珠一粒粒圆润，晶莹，肯定价值不菲。

"哪儿来的？"我举着那个盒子问他。

"还来！还来！送客户的，你拿着没用！"

"什么客户？"我问他。

"咦，你管我的事干吗？"

"我喜欢，我要了。"我说。

"维维安你抽什么风！"他看样子是真的生气了。

我把那根项链从盒子里抽出来，在他眼前晃动着说："这是你拿来送女人的对不对？你已经完完全全把我妈忘了对不对？你把属于她的东西统统埋葬，也就能埋葬你的记忆，重新开始你的新生活了对不对？"说完，我当着他的面用力地将那根项链掷到地上。那些昂贵的珍珠，骨碌碌撒了一地。

他扬手就给了我一耳光。

其实，在他抬手的时候我就发现了，本来我可以轻松闪开，但我偏不，我就要让他打我，打得越重越好，最好留下斑斑血迹，才能更好地证明他的白痴和绝情。要知道，从小到大，他没有碰过我一根毫毛，那么今天，他这一巴掌到底是为谁而打的呢？这个该死的负心汉，大白痴！我瞪了他一眼，走到门边，穿上球鞋，离开了家。

他没有来追我，他只是低头，在捡他的宝贝珍珠。

我是他的宝贝吗？我可能从来都不是。

跑出楼道，迎着春天夜晚潮湿的风，我在大街上晃着，无处可去。这么晚了，我也不想去打扰刘二，让她担心。住在这个我热爱的城市，我却始终像一个陌生人，真是一厢情愿的可悲。不管今晚我在哪里过夜，我亦知道他不会担心我，他的心就那么大，连我妈都被挤走了，我还能有什么位置呢？

不知不觉，我晃到了西落桥边，那里的风筝店早就打烊了，只有一个巨大的塑料招牌风筝在夜空中招摇。风筝很旧了，还有些破损，我记得风筝上面写着一行字：飞向很蓝的天。

我好喜欢这句话。它总让我想起刘二最爱听的一首歌：如果我有勇气折断翅膀，飞不到任何地方，不想再将伤心绑在身上，回应着你的泪光……

如果我没记错，那首歌，应该叫作《鸽子的悲伤》。或许，真的只有卸下悲伤的重担，才有飞向蓝天的机会吧。但像我这样天生敏感多疑，心里的重负如果是与生俱来的，那会不会只有等到我死去那一天，才能够真正摆脱呢？

看着不远处波光潾潾的河面，我忽然很想脱下鞋，到小河边去洗洗脚。这是我小时候最爱做的事情，月光下光着脚在岸边奔跑，耳边仿佛还响着梅叔的声音："快，快，再快，再来！"

在成长的战役中，我从未输给过谁，除了自己。

我往河边走去，春天的夜，微凉，我还没来得及脱鞋，忽见岸边的大石头上坐着一个人，正在往河里扔小石子玩。光看那发型，我就知道不是别人，是刘翰文。看样子，今晚的他也不太好过。同是天涯沦落人，犹豫了一小下，我走到他身边，顺手捡起一块石头往水里扔去，石块在水中跳了会芭蕾舞，完成了一个个极为漂亮的水漂。

他发现是我，用很嫉妒的语气对我说："臭美啥呢，你空有一身泡妞的本领，本人却是个妞。"

"泡妞有风险，同学须谨慎。"我损他，"搞不好坐牢都有可能。"

"做人厚道点哈。"他掏出烟盒，递给我一支。我没抽过烟，不过反正无聊，试试也无妨，刘翰文很绅士地替我把烟点燃了，我猛吸了两口，本以为我会因为不适应而咳嗽，但奇怪的是，发现除了舌尖略微的苦味，没别的感觉。

"别装了，装也装不成不良少女，"刘翰文说，"你这么晚不回家，爸妈不找你？"

"话说不良少女都长什么样？"我问他。

他不直接回答我，而是说："不过你在外流浪也没啥风险，小鼻子小眼睛，没胸没屁股的，男人见了你也很难有非分之想。"

"做人厚道点哈。"看他把个烟盒放在手里玩来玩去，我朝他伸出手说，"再来一根。"

"妹妹，这是香烟，不是巧克力！"他瞪我一眼说，"够了哈，表演到此结束。"

我伸手去抢，他把烟盒高高举起来。他个子比我高很多，肯定以为我会抢不到，但我只轻轻一跳，烟盒已经成功地到了我的手里。

我得意洋洋地抽出一根，再把盒子扔还给他。

“等等。”他相当好奇，又把那烟盒举高了，退得离我一步远，兴致高昂地说，“怎么弄的，给小爷回放一次！”

“表演到此结束。”我说。

“喂，”他凑近我，用威胁的语气对我说道，“你演不演？你到底是演还是不演！”

我把烟含在嘴里，命令他：“给我点着了！”

他很听话地掏出打火机，照我所说的做了。

我意犹未尽，又命令他说：“教我吐烟圈。”

“你有完没完？”他不耐烦地问我。

我无师自通地吐出一个大大的烟圈，对他说道：“你应该谢谢我，在你这么无聊的时候，是我在陪着你。”

“你太没规矩了，爷必须要教训你。”他说着，把双手伸到我胳肢窝下面，估计是想挠我痒痒，但他哪里近得了我身，我迅速闪到他后面，把点着的烟头直接从他衣领里扔了进去。就见他嗷嗷叫着，在河边东窜西跳，好不容易才把滚烫的烟头从身上抖落下来。

“你丫当我铁板烧啊！”他气急败坏。

我坐在他刚才坐的那块大石上面，冷冷地说：“我只是替那个叫嫣然的，讨回一点点公道而已。既然是男人，敢做就要敢当，让一个女孩白白受苦，算什么本事。”

他双手握拳，拉开架势，往左边跳三下，再往右边跳三下，又朝我招招手，对我说：“来啊，决战到底啊，谁怕谁啊！”

“不打。”我说。

“你怕了？”他继续毫无章法地在岸边的沙土上虚张声势地一阵乱跳。

“我不跟打不过我的人打。”我骄傲地说，“这是江湖规矩。”

“我操！”他大叫一声，恶狼扑食一样地朝我直扑过来，我一脚踹过去，正好踹在他的胸口，他整个人往后，“啪”的一声就倒在地上了。坦白说，我只使了七分力。见他躺在那里半天也没起来，我有点害怕了，连忙跳下石头去检查他到底怎么样，只见他紧闭着眼睛，脸上一点表情也没有。我拍拍他的脸，忽然就看见有眼泪从他的眼角慢慢地渗了出来。月光照着那些泪，像晶莹的琥珀，我从没见过男生的眼泪，我不知道它们原来是这样子的。不汹涌，却粒粒饱满，滴在了我心里一个很软的地方，起了点化学反应。

我伸手，想替他擦掉它们，但这样做好像完全不是我的风格；光顾着看表演吧，又觉得自己还真是有些没心没肺，于是我只能不出声静观其变，直到他终于慢慢睁开眼睛，望着漆黑的夜空，发出震耳欲聋的呼喊：“爽啊！真他妈爽啊！”

紧接着，他麻利地从地上爬了起来，在离我三步远的地方，继续拉开架势，左跳三下，右跳三下，再砰砰拍自己胸脯三下，对着我挑衅地大喊大叫：“来啊，再踢，用力踢，把我踢成人渣为止！来啊！”

我看了他一眼，转身走掉。就算再无聊，我也不能跟个疯子继续玩下去。

身后传来刘翰文声嘶力竭的吼叫声，像被铁箭刺中的小兽，无法用言语来诉说的某种痛。不过，关我什么事呢，我可没打算回去安慰他，刘二说得没错，各有各痛楚，各自承担。

这就是人生。

午夜十二点的钟声敲响之前，我已经自行回到了家中。

原因主要有二。其一，我饿了，身上没钱；其二，我困了，我想念我柔软的床和小小安。

他正坐在沙发上看电视连续剧，手枕着头，看上去悠闲得很，对于我的“走失”一点都不着急。见此状况，我自尊严重受伤，飞快地踢掉鞋，跳到客厅中央，双手叉腰对他喊道：“维大同，瞧你那淡定的样儿，你也不怕我被人拐了，或者卖了？”

他的眼睛依依不舍地盯着电视屏幕，轻描淡写地说道：“你不是带刀侠客吗？谁敢拐你，不要命了差不多。”

“饿死了！”我用大吼掩饰我的理亏。

“饭菜在桌上，自己热热。”他说，“听话，别吵我看电视。”

“我想吃面。”

他总算从沙发上站起身来，去到厨房里。没过一会儿，我就听到他煎鸡蛋的声音，这是我最爱吃的东西，也是他的绝活，双面煎，煎出来金黄饱满，一口咬下去，又香又嫩，真恨不得连舌头都一起吞下去。

“怕你饿，牛肉放得多，你吃不掉就放那里。辣椒我没敢放多，你自己看看够不够。”他说着，用双手把面碗放到餐桌上，又折身回厨房，替我拿来了筷子。

我接过筷子，低下头狼吞虎咽，他抓住机会站在一旁碎碎念：“马上就初三了，最关键的这一年可把握好了。上次我碰到你们老师，他说你什么都好，就是数学在难题的攻克上要加强。那个课外书我也不是不支持你读，但要有个分寸，不能读到大半夜不睡。还有你的脾气，也该好好收敛收敛了。别嫌爸罗嗦，这么多年了，我这又当爹又当妈的，容易嘛，你也应该体谅体谅我，你说是不是？”

“对不起。”我低声说。

“吃完快睡吧。我也要先睡了。碗放那里，明早我来洗。记得关灯。”他说完这些，走到沙发那里，用遥控器关了电视，踱进了自己房间，没再出来。

我洗完澡，缩进被窝，这才发现被我扔在床头的手机上，有他发来的一条短消息：“闺女，你记住，你永远都是爸爸最重要的人。”

像他那样不擅于表白的人，这样赤裸裸地抒发情感，还是第一次。

我靠在床头，用冰凉的手捂住脸，努力不让眼泪流出来。其实，我真不是他想象中的那么不懂事。我清楚地知道，他孤身那么多年，辛苦抚养我长大，应该拥有属于他自己的另一半，那个人要懂得照顾他，体谅他，愿意与他相濡以沫并共度白首。如果真有这样一个人，我是真心为他高兴的。

只是那个服装店的老板娘，我看还是算了吧。古今中外的事例早已经说明，红颜注定薄命。有我妈在前，我可不想我爸再度重复如此悲催的命运。

9

昏天黑地的初三终于来了。每天除了背书，就是做考卷。累得晕乎乎的时候，真恨不得给自己在脑袋上装个USB的接口，插上一张大容量的U盘，把所有内容统统拖进去了事。

当然这只是偶发奇想。我从不相信不劳而获的神话，记得三四岁的时候，梅叔会把一只红苹果系在竿子上，让我跳上去拿。为了那只香甜的果子，我的膝盖常常摔得又青又肿。付出才有收获，我比我的同龄人都要深谙这一点。

我很想念刘二，但没时间去见她，只能与她发发短信。倒是见过一次刘翰文，那个周末的黄昏，我补课归来，就见一群不要命的少年骑着摩托车，在城市的黄昏里结伴呼啸而过，那里面就有他。就那样的速度，难为他竟然会看到低头走路的我，绕了个大弯，将车停在我的面前。

“侠女留步！”他摘下头盔说，“帮个忙！”

“什么事？”我问他。他发型居然又换了，书上说，把发型换来换去的人，是因为极度没有安全感。

“帮我找初三（2）的那个阙薇要个电话号码好不？”

又是她！

“你不是线人很多吗？还用得着我？”我才不想揽他这档

子破事。

他摇摇头说："别提了！那妞难弄得很。"

看他那色迷迷的样子，估计早就忘了差点为他丢掉性命的王嫣然长成什么样了吧。

"我觉得她挺神秘的，我只知道她是外地人，以前跟她妈住在香港什么的。"

"她妈开了个服装店，叫什么'雀斑'。就在红星路上，你要不去看看？"我本无意八卦，可是又觉得我实在有必要拆穿某人的谎言。她要真来自香港，我怎么都得来自火星。

"靠谱。"刘翰文拍拍他后座说，"看在你提供这么一个重要的有价值的线索的分上，care不care让我送你回家？"

我没犹豫就跳上了他的车。我喜欢速度，它让我清醒，而此刻我混沌疲惫的大脑最需要的就是清醒，因为今天晚上，还有两张空白的试卷等着我搏命去填写。

"华亭小区。"我说。

"Hold me！"他说完，吹了声响亮的口哨。

他穿了一件黑格子衬衫，很好的质地，车技娴熟，并不让你觉得恐慌。其实我并不是那么讨厌刘翰文，尽管他好像没有任何品质符合一个好男生的标准且一分钟不演就会死，但他的身上有真实的缺口。所以，比起班上很多成天装模作样的男生来，我跟他在一起反而没那么扭扭捏捏。就算抱紧了他的腰，我的小心脏也绝不会因为他而怦怦跳。

"你喜欢我这样的男生吗？"他在前面大声地问我。

"不喜欢！"我也大声回答他。

“能说说为什么吗？”

“因为你不够傻啊。”

“这理由太他妈对了！”

“对就开快点。”我用力拍拍他的肩。

“准备好你的尖叫！”他加大马力，很快就把我送到了我家小区的门口。我刚从摩托车上跳下来就傻眼了，身后是我爸的黑色别克，真巧了，他也是刚到家。车停下来，他很快下了车，看着我眼神分明是在说：“你在搞什么鬼玩艺儿！”

“Bye！”刘翰文一定身经百战，见此情景，一语不发很明白事理地跨上车就远去了。

“那是谁？”我爸问我。

“朋友啊。”知道他想歪了，我想尽量表现得轻松一些。

“每天都是他送你回来？”

“怎么会！”我说，“今天碰巧而已。”

“应该是碰巧遇到我而已吧！”他强调。

“随便你怎么想。”真是话不投机半句多，我撇下他，自己一个人跑上了楼。他去地下车库停车，比我晚上来好几分钟，开了门，第一句话就是：“刚才那个人，我怎么觉得看上去那么眼熟。”

“也许见过吧。”我说。

“你们怎么认识的？”

我决定跟他说实话：“你还记得不，去年我曾经在河里救起过一个女孩，那个女孩就是他姐姐。今天补课回来的路上正好遇到他，他见我走路，就顺便送我回来了。你可千万不要乱想，我对早恋这种事不感兴趣。”

可能是因为我平时表现还算乖巧，他好像也相信我了，不过仍不忘嘱咐我一句：“那种小痞子，都没正形的，你以后还是少理的好。”

“其实，我老觉得他应该是你朋友的儿子。”我也不知道哪根筋被戳到了，忽然就想要刺激他一下，“听说，他爸爸是我们这里的首富，开一辆悍马车。那辆车……”

“他姓什么！”我爸飞快地打断我。

“姓刘啊。”我说。

我爸找到了放在茶几下面的香烟，又到处找打火机。其实打火机就在他面前，但他就是没看见，我拿起来递给他，他又把它拍回茶几上，用很坚决的语气对我说：“以后都不要再跟他来往了，这是死命令，听到没有！”

“为什么？”他过度的反应令我陡生疑问。

“说不许就不许。”他说完，可能也感觉到自己的态度有问题，连忙补上一句说，“你没听说吗？人家是首富，我们这些普通人家，高攀不起，我可不想让人说闲话。”

“好吧。知道了。”我拿起书包进了自己的房间，走到门边，我回过头，伸出两根手指头对他说道，“命苦哇，我还有两整张的数学卷子要做，晚点记得给我下面条吃哦，我要两个煎蛋。”

“哦。”他心不在焉地应承我。

人的内心可以装下多少秘密，我不知道。但我可以肯定的是，我爸心里，一定装着很多很多的秘密，我愿意相信他不把这些秘密跟我分享，是怕我不快乐或者受伤害，但我天性就喜欢去探索事情的源头，我无法阻止自己的好奇，就像无法阻止这个年纪额头上冒出的小痘痘，刚好了一粒，又有另一粒固执地生长出来。不管吧，心里痒痒得很；管它吧，又会留下一个个疤痕，真是令人沮丧得紧。

中考结束后的那一天下午，刘二开车在学校门口等我。我们许久不见，所以很热烈地拥抱了一下。花枝正好经过我身边，像看怪物一样地看了一眼我们，走开了。

“我真想亲你一口。”刘二笑嘻嘻地说，“才对得起刚才那个肥妹妹深遂的眼神。”

“你已经饥不择食到需要我来填满你空窗期的地步了吗？”我说，“刘二小姐，看来你需要好好地检查一下自己。”

“我正在努力改变！”她扭了一下腰身，嘻嘻笑着说，“你先陪我去健身，然后我陪你去看电影，然后我们去消夜，然后我们去酒吧找两个帅哥好好开开心！”

“只能选A。”我说，“B、C、D下次吧，我爸今晚给我做了好吃的在家等着我呢！”

“真幸福。”她说，“我爸连厨房门在哪里都找不着。”

“可是你爸能赚钱。”我说，“这也很重要。”

“不提这些，一提就闹心！”她说，“咱去玩动感单车，这次我一定要赢你！”

刘二是圆脸，稍微多吃一点就显胖，因此减肥成为她人生中最重要的事情之一。我陪她来到帝豪酒店，这是我们这里唯一的五星级酒店。酒店八楼，有一个很大的健身中心。这已经是我第二次来，上一次来也是陪她玩动感单车，结果我还没开始喘气呢，她已经败下阵来。今天她又吵着要跟我比赛，依然输得毫无悬念。

她跳下车，拿毛巾擦了半天汗了，我才轻松跳下来，问她说："要不要再比一次？"

"不比了，不比了。"她朝我摇着手说，"小安你老实交待，你是不是外星人？"

"以前是。"我说。

"我不骗你，我那天做了个梦，梦见地球被外星人攻占了，一个好大好大的飞碟，就停在易龙的门口，飞碟门打开，你走了出来，你脸上戴着一个面罩，是金色的，蝴蝶状的，特别有范。然后你就朝我招招手说，刘二，你上来，我带你走。"

"然后呢？"我问她。

"没然后了。"她说，"醒了。"

"真没劲，我还以为你会说，小安，谢谢你救了我，这块金砖，请你收下！"

她伸手打我："臭丫头，梦里都不忘占我便宜！"我起身躲，正好撞到一个女人身上，她应该也是来健身的，可能刚游过泳，头发束得高高的，披了个大浴巾，手里拎着个大袋子。

"不好意思。"我连忙道歉。

她的眼光停在我脸上，像被定住了，那感觉就好像我真是从外星球来的怪物一般。刘波用力拖我一把说："我们来第二轮。"

"二妹，你怎么也在这里？"她转头问刘二。

“你什么意思？”刘二说，“准你来，就不准我来吗？”

“这是你朋友？”她居然指着我问。

“俞大姨，貌似你管得也太宽了吧。”刘二把我挡在她身后，对她说道，“我怎么不知道，从什么时候起，我去哪里，干什么，和谁在一起都要统统向您汇报了。”

女人并没有跟刘二吵，她越过刘二的肩膀看了我一眼后，拎着袋子，往前面走去了。我想，我应该知道她是谁。可是，她看我的眼神，为什么那么的不正常。

“有病！”刘二看着她的背影，狠狠啐了一口。

“可以问你一个问题吗？”我问她。

“为什么很讨厌这个女人，是吗？”刘二说，“很简单，因为她是一个恶人。”

“有多恶？”

刘二说：“实话告诉你，她就是刘翰文的妈俞洁，我爹的第四个老婆。我爸第一个老婆是个乡下人，嫁给我爸后还没给他生小孩就病死了；于是我爸娶了第二个，那个老婆给他生了一个女儿后，跟他离了，带着女儿嫁了一个瑞典人，去了国外；第三个老婆就是我妈。我出生没多久，我爸就跟俞洁勾搭上了。为了达到跟我爸结婚的目的，她差点把我妈给害死。其实俞洁在我爸几个老婆中是最丑的，但是算命的说她鼻头圆，面相好什么的。不过也怪了，我爸自从娶了她，生意还真是顺风顺水，更加大发了。她又给我爸生了儿子，算得上功德圆满。我爸那人挺迷信的，所以，尽管俞洁花钱不眨眼，对他也不好，他还是一直没舍得跟她离婚。在外面小三小四小五都有了，她还是正房。她这人，为了达到自己的目的，是什么手段都使得出来的。不过说起来也悲哀，这老公有也当无，连自己儿子都唾弃她，你说她就算手里握着再多的钱，活在这世上，还有什么意思？”

刘二跟我说故事的时候，我的眼角瞄到那个身影从更衣室出来，进了前面的洗手间。

“我去趟洗手间。”跟刘二打了个招呼，我决定再去洗手间会会她。机不可失，时不再来，坦白说，我等这一刻，已经等了很久了。我推门进去的时候，俞洁正在洗手台前洗手，我走到另一个台子边，打开了水龙头。因为考试的缘故，头发早就长了，也没时间去剪。刚才一阵运动，头发显得更乱了。我把它拆散，重新束起来。我知道，旁边那双眼睛一直都在通过洗手台前面的大镜子观察我。

“你到底是谁？”她终于还是忍不住发问了。

“阿姨你好，我是刘波的朋友。”我说。

“你姓什么？”她转过头来，看着我的脸。

我微笑着说：“我姓李，我叫李彩萍。”

她听我这么一说，眼睛立刻像中了邪一样发直，尖叫一声，跌跌撞撞地从洗手间里飞奔出去了，连放在洗手台上的袋子都忘了拿。我拎着袋子追过去，在她身后大叫：“阿姨，你的东西，你忘了东西！”

只是，她早就跑得远远的了，哪里还见得着人影！

“怎么了？”刘二迎上来，看着我手里的袋子问。

我耸耸肩说：“刚才洗手间有个小强而已，她就吓成这样，丢下这个就跑掉了。”

“别碰她碰过的东西。”刘二说完，一只手捂住鼻子，另一只手拎起那个袋子，走到垃圾桶边，一把将它扔了进去。

就这样，在我初中生涯的最后一个晚上，我终于用这三年来一点点搜集的素材，拼凑出了一个关于我妈妈的故事——

某年某月的某一天，刚出生不久的她被丢弃在西落桥的桥洞里，被花枝的外婆捡回家，给她起名为：“李彩萍”。因为从小在贫苦人家长大，又是养女，所以她吃了很多苦也受了很多的罪。长大后，我妈出落成一个美女，她一心想脱离当时的生活，拥有“美丽不打折”的人生。可惜成绩不是太好，她最终只考上了师范学校的美术系。毕业后，她不甘心做老师，为了挣更多的钱，所以她做起了小生意，专门替有钱人代购一些奢侈品什么的。就这样，我妈认识了俞洁，也认识了她的老公刘国栋，一心想嫁入豪门的她很快就成了花心的刘国栋的小三儿。但是这件事被俞洁发现了，所以她闹得不可开交，想尽了办法要将他们拆散，并用了某种残忍的手段加害我妈。因为不想跟俞洁离婚，刘国栋最终选择了跟我妈分手，我妈伤心欲绝，她看出刘国栋老实巴交的好朋友维大同，也就是我爸爸喜欢她，于是她对我爸提出要求，带她离开这里，再不回来，并嫁给他。

我爸答应了。就这样，我爸跟我妈结了婚，他们一起远走他乡并生下了我，谁知道我妈却忽然得了绝症，抱憾死去。死之前，她悔过自己不踏实的一生，深深地觉得自己对不起我爸，于是，她提出要将自己的骨灰撒向大海，好让自己的灵魂得到永久的救赎。

这就是我妈并不完美的一生。我爸苦心隐瞒关于她的一切，只是不想让我觉得因拥有这样的一个母亲而伤心。并且，童话故事里，王子总是爱着公主，他也怕我知道，他其实从来都不是王子。

不管这个我苦心串连的故事里有多少成分是真实的，我的好奇心已经彻底落幕。Game over，一切到此结束。

我的爸爸，我爱你。

我的妈妈，请安息。

10

我是在悬崖边歌唱的孩子，
一不小心，就会掉进深深深深的深渊。
我是在刀尖上舞蹈的孩子，
一不小心，就被刺出深深深深的伤痕。
我是你高高的城堡里仰望天空的孩子，
一不小心，就泄露我深深深深的孤独。
我是你环形的跑道上奋力奔跑的孩子，
一不小心，就迷失我深深深深的呼吸。
但无论如何
我都是这样深深深深地爱着你，
如同一个绝望的孩子
深深深深地爱着他最最严厉的母亲。

这是一位已经毕业的学姐，写给天中的一首诗。在“天中论坛”上，它被长期置顶，以至于很长一段时间，“深深体”在天中颇为流行。据说就在上届毕业典礼上，毕生们齐声诵读这首诗，最后拥抱着哭成一团，就连平日里最不苟言笑的校长，也取下眼镜偷偷拭泪，可谓盛况空前。

看到这首诗的时候，我已经是天中高中部的一名学生。它让我相信，我身处的这所百年名校，确实是一个悠久的传奇。比起宽阔的林荫道、明亮的教学楼和巨大的体育场，我最喜欢的是它的图书馆，就在著名的花蕾小剧场的后面，红砖碧瓦，小巧安静。最重要的是，很多我在市图书馆都见不到的绝版书，在这里却能轻易地寻到。就是在那个靠窗的小木桌旁，我利用空隙如饥似渴地读完了那套我以为可能永远都读不完的书——《追忆似水年华》。书很厚，也说不出来到底讲的是什么故事，但我却在字里行间漫长的叙述中欣喜地感觉到自己内心的成长，从一个莽撞少年慢慢进化成一个理智的人，一个有耐心的懂得容忍的人。

年华那么长，你我相遇不过短短一瞬，我又何必介意。

对于与我同宿舍的“宿敌”阙薇和花枝，我一直抱着的就是这样的一种想法。进了高中的花枝像个充气娃娃一样越胖越夸张。若不小心在狭小的寝室里撞上她，你一定会眼前一黑，以为自己是撞上了一堵墙。花枝对我的恨由来已久，不过除了制造一些无聊的小八卦，比如维维安是“LES”什么的，她对我构不成任何威胁。我真正的对手，是阙薇。并不是说她有多强大，而是因为在我跟她的小磨擦之间突然横生枝节，令我有些无法控制，那就是——我爸和她妈，居然谈起了恋爱。

天中高中部必须住校，除非非常特殊的情况，一律不许走读。所以，尽管我家离学校很近，我却不得不住在学校里。遇上月考什么的，周末也回不了家。我住校后，我爸很长时间都不能习惯，相信阙薇她妈也是一样。本来嘛，两个寂寞的中年人玩玩恋爱游戏，也谈不上是什么坏事。可是那个女的，她喜欢的好像并不是我爸，而是我爸的钱。

我曾偷看到她发给我爸爸的短信：“十万块不是小数目，请不要再提借这个字，令我脸红。若肯帮我，就尽力帮我咨询一下关于房屋抵押贷款之事。万分感谢。”

这条短信的措辞，看似妥帖礼貌，实则欲语还休。说简单点就是这么一句：“你若是不借我钱，我便走投无路。”恋爱中的人完全没大脑，我爸果然中招，一大早就去银行取了现金巴巴地送到人家家里去，多亏我眼疾手快，硬抢了回来，才不致于损失惨重。瞧她家家徒四壁的样子，我真不明白她和她女儿浑身的骄傲劲儿到底从何而来。人若整日在臆想中活着，不是精神分裂，就是脑子残废，真没什么好说的。

记得前阵子去刘二那里，她告诉我刘翰文最近被一女生迷得晕头转向，带她去游车河，差点撞坏她才买的那辆新车兰博基尼，还发誓要为她洗心革面，断了所有的花花肠子。

刘二摇头叹息说：“那位小姐难不成天仙下凡？不过天仙要是真能爱上小五，那也注定沦为一个俗人。下周是我在帝豪的生日party，让他带来给我瞧瞧。还有，我还想听你给我弹那首*A Winter Story*，行不行？”

“私下弹可以，上台演奏就请别人吧，我那几下可上不了台面。”我嘴上这么说，心里的潜台词却是：“有她没我，有我没她。”

“好妹妹，必须是你。”刘二哪懂我内心的小九九，狠狠捏我脸蛋一下，不允许我拒绝。

反正，总结了一下我爹和刘翰文的命运，我归纳出一个结论，这对母女来历不明，搞不好就是那种传说中的职业老千。看来，替天行道，撕下她俩丑陋面具的任务，只能由我维维安来完成了。

那天把钱抢回家后，我跟我爸谎称学校有事，背着包出了家门。不过我的包里放的不是书，而是我用来乔装打扮的行头——衣服，假发，高跟鞋。我出门的时候，我爹那个没出息的正半躺在客厅的沙发上发呆，还听到他很卑微地给那个女人打电话，说什么晚上去看她，结果人家说晚上有重要的事，把他给拒绝了。

尽管他在我面前强装无事，但鬼都看得出他内心正在进行着痛苦的挣扎。如果我不能调查出点什么有价值的东西，拯救他于水深火热之中，怎么对得起他的养育之恩！

既然是狐狸，就一定有尾巴，我看有必要抓一抓。

我在商场洗手间将自己乔装完毕，去到她店门口，发现她提前关了店门，去菜场匆匆买了点菜，回了家。我带着一本书坐在她家小区门口的花台边守株待兔。我倒要看看，今晚她到底有什么“要事”要办，又到底是跟谁一起去办。我从六点钟一直等到八点左右，等到书上的字在路灯下都显得模糊，我才看到阙薇从小区里走出来，她背着书包，肯定也是撒谎回校，然后跟刘翰文之流的约会去了。她走得很快，没有看见我。不过我也懒得理她，今晚，老狐狸才是我的最终目标，小狐狸，姑且先放她一马再说。

夜越来越深，天公不作美，开始下起了雨。我忘了带伞，包里唯一能挡雨的就是校服，又怕泄露目标，不敢拿出来。好在雨不算大，仗着自己身体好，就硬生生在雨里挺着。约摸又等了一个小时左右，还没任何动静。就在我打算放弃的时候，忽然就看见那个女人手里拎着一个旅行袋，急匆匆地从小区里面跑了出来。她也没打伞，出来后就一直站在路边，把空着的那只手举起来遮挡雨丝，肯定是等谁来接她。

我预感到，好戏就要上场了。把书放回包里，我拿出我的手机，准备拍下一些精彩画面，到时候让我爸好好开开眼界。她离我不远，大约就两三米的样子。不知道是不是做贼心虚，我感觉她回头看了我一眼，我连忙低下头，佯装看手机。可是，当我再次抬头的时候，不得了，我发现停在路边的竟是我爸的车。

“捉奸”严重失败！

我爸下车，先接过她手里的旅行包，体贴地替她打开车门，让她坐上车，然后走到车尾，替她把包放进了后备厢。

我在离他们不远处，默默地看着他做这一切。雨水淋湿了我的裙子，所以它贴着我的大腿。假发更潮湿，弄得我脸上痒得半死。我眼下这个样子，估计跟那些站街女没多大差别，好在我爸并没有往我这边看，要是被他认出来，我真担心他会不会一怒之下开车直接把我给撞死拉倒！

他很快上了车，车子发动朝前开去。我下意识地往前追了几步，当我反应过来我根本不可能追得上车子的时候，我愤怒地踢掉了脚上那双碍事的高跟鞋，光脚站在雨水里，我的心里升腾起一种异常强烈的被丢弃感。他不要我了，他宁愿要一个骗子也不要我了，我真就是这么想的。

这样不知道过了多久，我头上方多了一把黑伞，雨在瞬间消失了。耳边响起一个很好听的男声：“再这样淋下去，你一定要感冒了。”

我惊讶地转头，看到替我打伞的是一个陌生的男孩。他穿了一件黑西装，对我微微地笑了一下。我用力地眨了眨眼睛，承认我有点犯傻。他长得真是好看，五官立体，如同被雕刻出来。因为个子很高，所以整个人显得挺拔而有型。最重要是他的气质，应该是电视或者漫画里才有的那种吧，我暗想，如果他从天中操场上经过，跟在他后面参观和尖叫的女生一定会排成长龙。

可是，我从来都没有见过他啊。难道他认识我吗？为什么会在我最最绝望的时候突然空降我身旁？

“路边一坐三四个小时，这种耐性在一个小姑娘身上还真难能可贵。”他说。

螳螂捕蝉，黄雀在后。难道我跟踪别人的时候他一直在跟踪我？可是，他这么做是为什么呢？一向有自知之明的我并不认为我对男生具有如此的吸引力。

“你是谁？”我问他。

“陌生人。”他说。

不说也罢。我弯腰，从地上拎起我的鞋，往前方走去。他则跟在我后面，继续体贴地替我打着伞。路灯下我们的身影被拉得无限长，坦白说，这种感觉还不算坏。并且，就算他是十足的恶人，我也不会怕他，他能把我怎么样呢？不能！

“你们这里雨水还真多。”他说，“我应该叫你什么，小安？”

奶奶的，他居然知道我名字。我停下脚步，警觉地盯着他。

“你一定很恨那个女人抢走了你爸爸对不对？或许，我可以帮你。”他一面说，一面低下头来看着我。他个子真的太高了，那一刻我真有个奇怪的冲动，就是赶紧把我的高跟鞋穿上，好拉低我们之间的距离。

“你为什么要帮我？”我不明白。

“你记住，你知道的事情越少，你的痛苦就越少。”

就从那一刻起我开始讨厌他，连同他嘴角的弧度一起讨厌。他凭什么要教训我，凭什么我对他一无所知他却对我了如指掌。我狠狠地瞪了他一眼，加快了我的脚步。他却追上来，一把抓住我的胳膊说：“性子这么倔，你肯定会后悔。”我想抽他，手掌抬起的那一瞬间，他的手迎上来，一个黑色的小手机已经从他的掌心滑到了我手里。

“语音备忘录。”他提醒完我，将那把伞递到我手里，自己大步朝前走去了。我扔掉伞，按他所说的，很快就找到了那条语音，将其打开来放到耳边，听到的竟然是我爸的声音：“爱玲，我不希望你误会我，我想过了，如果我们成为合法的夫妻，那么我们所有的顾虑都不会再有了。你愿不愿意考虑一下，嫁给我。我是认真的。”

对方无回应，一阵杂音之后，再说话的人依然是我爸：

“我以为我再也不会相信爱情这种东西。这种感觉我好多年都没有过了，我不想失去。我是个负责任的男人，你相信我承担得起。”

那个女人终于说话了：“你忘了吗？你是有妻子的人。”

“我们早就解除夫妻关系了。”

“可是小安怎么办？你打算瞒她一辈子吗？”

“是的。”我爸坚决地说。

音频到这里戛然而止。我又重复听了一次，确定只有这么多。我猛然抬头，放眼望去，远远地还能看到那个黑色西装的背影，他刚刚上了一辆公交车，车子开走了。

我拔腿就追，不管他是谁，不管他出于什么目的，我觉得我一定要追上，抓住他问个究竟。既然他有本事能窃听到他们的对话，那么他知道的东西一定也不会少。雨越下越大，我跑得飞快，没有注意到从旁边路口过来的一辆摩托车，好在我反应快，在它就要撞上我的一瞬间，我用手在车把上用力一撑，整个人飞出去，摔在路边。

摩托车车主显然吓坏了，他连忙取下头盔，跳下车来扶起我，连声问我：“你怎么样，有事没事？”

我摇摇头，站起身来，靠在路边的一棵树上喘气。低下头，发现那个黑色手机还牢牢地捏在我手里，手机屏幕正好亮了，上面有一条短信：“好好睡一觉，明天见。”

是隐私发送，我看不到对方的电话号码。可恶！

迎着昏黄的路灯，我这才发现手腕处不知道在哪里划了一道口，口子不算浅也不算深，鲜血正在慢慢地渗出来。但我不想去包扎，因为此时此刻的我最需要的不是别的，就是疼痛。

我拎着鞋，在雨中飞奔，我速度极快，像森林里迷路的小鹿。什么叫你知道的越少，痛苦就越少？这都是什么狗屁逻辑，在我维维安这里不好用！我必须要知道，在这个世界上，到底有多少她的事是我所不能知晓的，又到底有多少秘密，是他一定要独自背负的。

此时此刻，我多么希望雨能大一些，再大一些，因为只有这样，才能浇熄我心里像火焰一般熊熊燃烧的不安、迷惘以及痛苦。

11

那夜，我发了烧。我觉得我快被烧死了。我仿佛听到很多人在一起诵读那首忧伤的诗，不厌其烦，一遍又遍——“我是在悬崖边歌唱的孩子，一不小心，就会掉进深深深深的深渊/我是在刀尖上舞蹈的孩子，一不小心，就被刺出深深深深的伤痕……”迷迷糊糊中，我欣喜地发现我妈站在床前，她冷冷地看着我，一句话也不说。我很担心，担心她不爱我，我单单这么想着，情绪就已经坠入深深深深的谷底。

她看了我一会儿，好像转身要走，我一把抓住了她的手，我想开口求她留下，可是我的大脑不听我的使唤，完全是在胡言乱语。我听到她不耐烦的叹息，讨厌自己的不争气。但最终她还是将我扶起来，喂我吃了药，把冰冷的毛巾放在我额头，还替我换掉潮湿的衣服。她做这一切的时候，我好希望她能跟我说点什么。偏偏她紧闭嘴唇，就是一言不发。

或许她真的没那么爱我。

后来，我终于睡着了，早上清醒的时候，烧已经退了很多。我这才猛然想起，昨晚那个人根本就不是我妈，而是阙薇。我想起来，我昨晚冲回天中的时候她已经睡了，我不知道她大周末为什么会呆在宿舍里，更不知道她为什么要帮我，但如果不是她，我也许被烧成弱智也不一定。为了封住她的嘴，我把身上所有的钱都给了她。她欣然接受。

我确实很担心她会在我爸面前胡说八道，我已经决定跟我爸暗战到底，不希望有任何的闪失。

等她收拾得漂漂亮亮的出门后，我爬起来，跑到离学校不远处的一个洗浴中心，将自己好好地洗了洗，浴室温暖的热气令我混乱的头脑慢慢复苏。我想我已经理清了思路，知道接下来该做些什么。我穿上衣服，从包里掏出昨晚那个黑色的手机，翻到电话簿，看到上面只有唯一的一个电话，迟疑了一下，很快把电话拨了出去。

“病好些了？”对方说，“或许你该洗个热水澡什么的。”

我惊得四下张望，真担心他在什么地方装了监视器，用来监视我的行踪。

“我一直在等你。”他说，“出了你们学校门口，往左走三百米左右，第一个红绿灯继续左拐，再走一百米，你可以看到一个咖啡馆，我在里面等你。”

一刻钟以后，我推开那家咖啡馆的大门，走了进去。

我进门就看见他，他就坐在靠窗的位置，在喝一杯咖啡，顺便看报纸。样子悠闲得很。午后的阳光照着他好看的侧脸，令我有恍若梦中的错觉。

迟疑了一会，我走到他对面，对他说道：“Hi。”

“Hi。”他放下手中的报纸，冲我微笑。

我把包挂在椅背上，拉开椅子坐下，他夸我：“你今天这样，比昨天好看。”

我说："你知道我为什么来，废话少说。"

他好像没听到我说什么，而是把菜单推到我面前："你该饿了，吃点什么。"

我摇摇头。我确实是饿了，但是，让不熟悉的男生为我花钱，不是我风格，我来请吧，可我的钱都给阙薇了，我又请不起。

他却自行叫来服务员，对她说："麻烦给这个小姐来杯橙汁，一碗皮蛋瘦肉粥，两个煎鸡蛋，要双面的。"服务员离开后，他又对我说，"感冒的话，补充点维C好得快。"

"谢谢你，"我很认真地问他，"现在你可以告诉我你是谁了么？"

"我们不认识。"他坐直了身子看着我说，"我从外地来，我来你们这儿，是为了找一个人。"

"戴爱玲。"我说。

"算你答对。"

"你找她，是因为她骗了你钱然后一走了之？"我问。

"骗钱，没有！"他很肯定地说，"不过呢，事情好像并不是钱那么简单。"

我竟然猜错了。可是，他那么年轻，那么帅气，不应该和那个女人有什么情感上的纠缠啊，若真是有，恐怕就要整个颠覆我的爱情观了。

"有什么可以帮你的吗？"我故意客气地问他。

他没回答我，而是忽然想起什么似的，从口袋里掏出一个小药瓶，倒出两粒药丸，端起手边的清水，把药吃了下去。

“我讨厌这里的潮湿。”他皱着眉说，“所以，我得赶紧办完事，赶紧回去。”

“我愿意跟你合作。”我说，“你谈条件吧。”

“不问为什么吗？”

“不问。”我说，“只要你把你知道的关于我妈妈的一切告诉我。”

他狡黠地笑了：“这可能对你有点不公平，因为，关于你妈妈的事，我只知道那么一点点而已，但是你需要替我办的事情有很多。我初来乍到，对这里很不熟悉。”

我从口袋里摸出他的手机，推还给他说：“这是你的，还给你。但是昨天我把那把伞弄丢了，对不起。”

“手机是送你的。”他说。

“我不要。”

“为什么？”

“我怕里面装着窃听器什么的。”我说。

他笑：“小朋友，你有很多秘密怕人知道吗？”

“是的。”我说，“只可惜好多秘密的答案，连我自己都不知道。”

我们说着，服务员已经把吃的东西送上来，我正好口渴，将一杯橙汁转眼喝个精光，接下来继续喝粥。他满意地看着我吃完，这才从身上掏出一叠卡片，对我说道：“戴爱玲去外地了，应该是两三天后回来，到时候麻烦你替我把这些卡片放到她的包里面，并且，不能让她知道是你放的。”

我接过那些卡片来，发现上面都只印着三个字母：

“CZC”。

这是他的名字吗?

“你先告诉我，我妈妈还活着吗? ”我捏着那堆神秘的卡片同他讨价还价。

他说：“任务完成，我会告诉你的。”

“我怎么知道你是不是骗我! ”

“因为你没有选择。”他胸有成竹地说，“让我来告诉你，戴爱玲这一次是回老家，她的表哥得了绝症，她想替他治病，但苦于没有钱。她本来想用房子到银行去抵押贷款，结果没成功。你爸陪她回了老家。他们三天后回来，她也答应三天后答复你爸求婚一事，不排除她为了钱要嫁给你爸的可能性。”

“那怎么办? ”我一听，脑袋大了一半。

他讽刺我说，“你那么喜欢看书，书上有没有什么好办法教给你? ”

“你提供戴爱玲是个骗子的证据，我交给我爸。”我说。

“你爱过吗? ”他促狭地问我，自问自答，“我猜你一定没有，因为热恋中的人是没有智商可言的，你别说对方是骗子，是傻子，是外星人，是蛇精，只要他爱了，他都会照单全收。”

“那说说你的主意。”我没好气。

“我把戴爱玲带走，让她永远都不回来，这才算一了百了。”

“那她肯跟你走吗? ”

“当然不肯。”他说，“所以我要请你帮忙。”

“我不做犯法的事。”我说，“尽管我可以很容易地弄晕她。”

“笨丫头。你弄晕有什么用，弄晕了她醒过来，还是会回来。必须想个办法，让她心甘情愿地跟我走。”

“难道要让她爱上你……”

可能我的话实在是太搞笑了，他忍俊不禁地笑了起来：“你想想，在戴爱玲的一生中，什么对她最重要？”

“钱？女儿？”

“对了。”他说，“只要她女儿心甘情愿跟我走，她也就会乖乖听命于我了。”

“你到底想做什么？”我承认我给他绕晕，有点摸不着头绪了。

“让阙薇出点事。”他说，“具体怎么做，我再慢慢教你。”

“成交。”我说。

我选择了相信他，是因为他说得对，我跟他其实没有什么条件可讲。至少到目前为止，他在我这里一切都还占着上风。

他要戴安玲母女跟他走，我要戴爱玲母女彻底消失在我的生活中。如此说来，我们目的完全相同，不联手都说不过去。

12

我一直都不知道他的名字，他让我叫他Joyce。

我不喜欢这样叫他，是因为我知道，这肯定不是他的真名。但是这并不代表，我不喜欢他。我喜欢和聪明的人打交道，这个神秘小子是我认识的人里面最聪明的那个，这一点我深信不疑。

周三的时候，戴爱玲和我爸从她老家归来，我借口有参考书没带，特意跑回家一趟，发现我爸一边洗澡一边哼着小曲，心情特别愉快，估计是求婚成功。就在我郁闷之际，天助我也，阙薇和花枝在宿舍发生了激烈的冲突，她用我床上的书砸了花枝的头。花枝家以“脑震荡”为由，向她家索赔五万块，阙薇还面临着被处分的危险。

为了取得戴爱玲的信任，我以目击证人的身份陪我爸去了花枝家调解，最后以我爸安排她家两个人进服装厂工作为条件，取得了暂时的和解。

我去看了一眼花枝，她头上包着夸张的白纱布，坐在床上看物理书。看到我，她恐吓我：“做伪证是要坐牢的，你知不知道？”

“知道。”我说，“所以我一定会说真话。”

“你等着报应吧！”她愤然将手里的书扔到了床下。

我走过去替她捡起来，拍拍上面的灰，再放到她手里，对她说道：“脑震荡，要小心控制你的情绪。”

出了花枝家门，戴爱玲一直夸我：“我发现小安遇事真冷静，与人争辩也是头脑清楚，我家小薇能有你一半就好。”

“人各有所长。”我爸说，“我就觉得小薇比小安懂事很多。”

“反正别人家的孩子总是好的。”我替他们总结。

我爸哈哈大笑，趁机向我说明情况：“爸爸已经向阿姨求婚了，阿姨以后来我们家和我们一起生活，你和小薇以后要情同姐妹，互相学习，互相照顾，你说好不好？”

“只要你们幸福就好。”我听到自己的谎言，像泡沫一样飘向空中，然后碎裂。

我爸带我们去消夜，趁我爸泊车、她上洗手间的机会，我把Joyce给我的那一大叠卡片塞进了她的包里。那晚，我也不知道Joyce用什么办法，一夜之间就搬空了她的店，什么也没给她留。Joyce让我去她家看她反应，阙薇说她在睡觉，于是我没有见着她。那个没见识的丫头，居然跟我动起了手，我示弱的演出相当成功，蹲在她家地板上咳嗽的时候差点笑场。想要真正地赢对手，就得在她面前尽力隐藏你的真实面目。

Joyce显然也深谙此道。

“你到底怎么弄的？”在帝豪饭店的房间里，我问他，“店里的那些东西为什么说没了就没了？”

“一点小魔法。”他正在弄一个小方盒一样的东西，一边弄一边对我说，“一会儿去房间的时候，记得放到电视机下面，放进去一点，小心被发现。”

“你有没有想过，如果阙薇不肯跟刘翰文进房间怎么办？”

“那完全取决于你的演技。你这两天不是演得挺high吗？我看好你。”他看着我说，“刘二我搞定，逼疯刘翰文的事你搞定，咱俩分工明确。今晚就可以收工了。”

“你确定那玩艺不会让刘翰文晕三天三夜吗？”

“你心疼？”他说，“看来下药还得下重些。”

“还需要点血做道具。”我白他一眼。

“要不你在我手腕上放一点。”他撸起袖子说，“来吧，用你口袋里的小刀。”

“真的假的？”我问他。

“听说过狼人的故事吗？”他说，“你今天运气好，可以见识见识。”

这人真太坏了，我决定教训他一下，也让他见识见识，可是一掏口袋，却发现刀不见了。他的手往他后面一掏，居然摸出了我的刀，在小黑盒上捣来捣去，看他那样，用得还挺顺手！

“我都借一天了，你才发现。”他得意地说，“以后小心点。”

我觉得我整个人都要炸了。我在房间里转来转去，找到一根细麻绳，我决定要把他捆起来，捆成个大麻花，然后打开窗户直接扔下去。

“别捆我。”他头也不抬地说，“那根绳子是给你捆刘翰文用的。咱们的计划要是完不成，你过两天就要有后妈了，想想后果吧。”

他会读心术吗？我灰溜溜地把绳子揉成一团，背到了身后。

“对了，小安。”Joyce饶有兴趣地问我，“我想问你一个问题，你觉得人生的意义何在？”

“这问题有点大。”我说。

“就凭直觉答呗。”

“活着总得有点价值吧。”我说，“人生苦短，最起码，要让你最在乎的人快快乐乐的。”

“我没猜错的话，你最在乎的人应该是你爹吧？”他问。

“是。”我毫不犹豫地答。

“既然这样，那你为何还要苦苦追寻那些你爹不想让你知道的东西呢？你有没有想过你这样做，他会很不快乐。”

“你在暗示我什么吗？”我问他。

“你猜。”他放下手中的盒子，抬眼看我。

“我只想知道我妈到底死还是没死。”我说，“要不你现在告诉我吧。如果今晚顺利，你将阙薇带走，我到哪里去找你才好？”

“你忘了我说的吗？你知道的越少，痛苦越少。这是真理。”

“我可以承受。”我勇敢地迎上他的目光。

“好吧。”他说，“我告诉你，你妈妈没死，她确实还活着。”

“她在哪里？”我发现我声音都在抖。

他看着我，思索了一下，这才回答我：“这个，我真不知道。”

“你撒谎！”我扑上去打他，他却不躲，而是伸长了胳膊，温柔地抱住了我。我从来都没有和任何男生有过这样亲密的关系，好像全身骨头都软了，手脚完全不听使唤。时间好像过去了很久很久，我听见他在我耳边说道：“如果你相信我，我会替你查清楚，然后回来告诉你。”

我真的相信他。我紧紧地抱住他，尽管我知道，过了今夜，他将不再回来。他只是我灰色青春里最亮的那颗水珠，温润过我，照亮过我，却注定要消失在太阳下。

但是我就是相信他，我不知道这是为什么。难道这就是爱情里的“弱智定律”？就算绝望到冰点，感觉也是那么的好。

“可以告诉我你叫什么吗？”我问他。

“我叫池轩。”他说完，轻轻放开了我。

那天晚上，我们的计划完美地完成了，一切天衣无缝。

刘翰文醒来的时候，已经是次日清晨。他挣扎着睁开眼，问我们：“阙薇呢。”

“跟Joyce跑了。”刘二刚洗完澡，用毛巾擦着头说，“我们姐弟俩，这一次是彻底被涮了。”

“他跑不出我的手掌心。”刘翰文掏出电话，恶狠狠地说，“一个外地人，在我地盘上撒野，看我不找人绑了他们来，五马分尸！”

“你就嘴狠，若不是你犯蠢事，怎么会这样！”刘二说，“你要是敢动，我先让人把你绑起来。”

刘翰文走到门边，刘二给我一个眼神，我上前拦住他。他推我一把，我掏出绳子，只用了两分钟，就把他绑了个结结实实。

“放开我！你个臭八婆。”刘翰文破口大骂。

刘二走上前，把一个黑盒子扔到地下，对他吼道：“强奸！除了这本事你还有别的什么！人家故意设计你的，还录了影，你要不要自己欣赏一下！要不是小安，你就真的坐牢去吧！”

刘翰文低下头，不说话。

见他气头已过，我掏出小刀，一点点割开他身上的绳子，替他松绑。

那小刀上，还留有某人的气息。他叫池轩，他已经带着阙薇离开，我想我会记住这名字，在我追忆似水年华的时候，我才不会忘记。

两天后，戴爱玲也神秘消失。仿佛这对母女，从来都没有进入过我们的生活。唯一有变化的是我爸，他常常找不到东西，说过的话前面说后面就忘掉。夜晚，他长时间坐在屋顶花园里，抽一整包烟，不说话。我给他端去一杯茶，吩咐他早睡，留他一人独自疗伤。

短痛好过长痛，我相信他总有一天会没事。

只是那个少年，他还欠我一个答案。

冬天，天很冷了。天中校园变得灰扑扑的。就在那日，我忽然接到一条陌生电话发来的短信："等今年第一朵雪花飘落到你鼻尖的时候，我会来到你身边，带你去寻找这一个答案，你等我。"

我打开手机，天气预报说，三天后有雪。

池轩，我等你。

（完）

后续故事，敬请关注饶雪漫2012青春大戏《雀斑》（2）

后 记

末日没有来，我依然有故事可讲

坦白一件事，写完《离歌》终结以后，我很坚定地觉得，以后我不会再写小说了。

我已经讨厌那种已经成为习惯的叙述。它让我对自己的文字彻底失去了新鲜感。在2012真正来临之前，我可以去过一种自己想过的生活。

我已经写了近三十年，五十余本书，无论如何，够了。

我没有对任何人说起过这件事，是因为我骨子里其实也有恐慌，我担心自己做出这样的决定是因为老了，写不动了。我得为自己留有余地。还真是这样的，不知道从哪天开始，我发现我的记忆力开始明显衰退，记不得朋友的名字、电话，记不得明天必须要做的事。每天要找五到六次手机，火车票刚拿到手里，就不知道被我塞到了哪个地方。更明显的是，我说话开始颠三倒四，比如让饶小坏做作业的时候把头抬起来一点，我会说成“做电视的时候把作业抬起来一点”。

这种话，估计只有外星人才能讲得出吧。

我肯定需要休息。

所以，很长一阵子，《雀斑》一直都只是我电脑里一个干巴巴的标题和仅仅两万字的文字。它也曾经变成过五万字，但删回原样，我只花了两秒钟。

我不想写，这种状况一直持续到2012年春天来临。好像一夜之间，我饱满的情绪得已归来，我终于有兴趣重新在电脑前坐下来，把一个差点忘掉的故事，重新写下去。

值得欣慰的是，如往常一样，在倒计时必须交稿的前一天，我交出了全稿。G38次镇江开往北京的高铁上，我敲下了最后一行字，满意地笑了。

这一回的故事，从童年讲起，却依然和十七岁有关。写过那么多十七岁的女孩，我想你也在为我担心，这一次，我看你怎么办。

那么，看完这本小说，你是不是也替我松了一口气呢。

是的，我办到了。我的阙薇，我的维维安，她们和以前的任何一个女孩都不一样。若你认同我的观点，那么，请允许我小小的骄傲以及自豪。

现在回想起来，十四岁的时候，我是一个诗人。

那时候的我写了很多的诗歌，写满了一个又一个的本子，诗的内容我全都不记得了，但我记得诗的标题，叫《黑天使之梦》。

很好笑吧，可是那时候，我觉得它们文艺得都快挤出水来。

很多人都问我，你为什么会选择写作作为自己的职业，我答不上来，我要是回答，是因为一些梦境需要表达出来，你一定会觉得我在糊弄你。

可是阙薇，她就是从我梦里走出来的，金黄色的麦田，抱着白色猫的少女，她的眼神很干净也很坚定。她说："我什么都不要，我只要我的新生活。"

这是全本书里，我最爱的一句台词。

方悄悄说，她最喜欢的还是阙薇，她喜欢她的原因是因为她可怜。她没有安全感，她以为她可以付出一切去得到自己想得到的，但是直到最后那一刻，她才发现，其实还是有什么是她绝不能放弃的，比如尊严。而我喜欢阙薇，是因为在我心底，我觉得她对她的明天一直抱有希望，她活在这样的希望里，所以才有了色彩。

维维安，也是来源于一个梦。一个女生在梦里跟我讲故事，她说，我爱上了一个男孩，可是，只要我靠近他，他一高兴，整个胸腔就会打开，我可以清楚地看见他的五脏六腑。

"那你怎么办？"我在梦里惊恐地问。

她很冷静地回答我："我就替他合起来。"

醒来以后，我就很容易地找到了我的维维安。她是那样不动声色，却已经惊艳地穿越所有人的少年时光，活生生地站在我面前。

有了问题怎么办？

去解决它。

谁来解决？

我自己。

有了维维安，聪明的阙薇才有了对手。而这个故事，才有了可以无限讲下去的理由。

也许你看完了这本书，对这两个女孩都不爱。那没有关系，她们本来也不是那么可爱的女孩。她们有心计，不单纯，还固执得要了命。可我从来没有写过这种女孩，我觉得很过瘾。我看着她们一步一步按照自己决定的路前进，可是，“扑通”一声，她们栽了大大的跟头，痛得无以复加——而成长，由此而来。

谢谢你们这么多年，一直看我写的这些故事。“成长”这两个字说多了当然会腻，可成长真的是一辈子的事。我想告诉你们，我也在成长，也在学着承担很多事，只是那些事，多半不足为外人道。

因为，那是我的选择，哪怕这个选择的尽头是痛苦，我也必须承担——这就是成人。就像维维安，她明明有一个很爱她的爸爸，有一个聪明的头脑，她只要肯乖乖的，肯傻一点，她就会拥有一个很平顺的人生，直到遇见一个爱她的人，将之前所有的疑问都埋葬掉。

可是，就像鸽子不能剪断她的翅膀，维维安也无法停止她的追寻。也许她已经预感到，自己追寻的东西只会令自己感到伤痛，可是，就像她说的那样，“我们依然要把刺扎进胸膛”。很傻。但是不是只有傻过，才能看到希望?

在这本书里，希望你们可以看到我的成长，希望能让你们感受到，所有等待，都值得等待。

谢谢末日没有来，我依然有故事可讲。

如果你还爱听，这条路，我陪你继续走下去。

九月再见。

饶雪漫

2012年4月10日于北京

你离开后，
悲伤它化成一粒雀斑，藏在眼角像固执的泪，
只能掩饰却永远都擦不掉……

《雀斑》读者调查表

亲爱的读者：

感谢您对《雀斑》的支持和喜爱。为了今后为您提供更优秀的图书，请您抽出宝贵的时间填写下表并寄给我们。我们将从中评选出热心读者若干名，第一时间送出《雀斑》第二部。同时，您还可以优先参加我们的“看《雀斑》，中大奖”活动。

姓名：__________ 性别：□男 □女 年龄：__________

电话：__________ E-mail:__________

地址：__________

1、您是在哪里买到《雀斑》的?

□大型书店 □报刊亭 □雪漫书屋 □当当或卓越 □其他

2、吸引您购买《雀斑》的原因：

□一直喜欢雪漫 □封面很漂亮 □看过试读觉得故事很精彩

□朋友推荐 □其他

3、您最喜欢书中哪个人物?

□阙薇 □维维安 □池轩 □刘翰文 □刘波 □其他

4、您最喜欢书中哪个人物的扮演者?

□阙薇 □维维安 □池轩 □刘翰文 □刘波 □阙薇妈妈

5、您觉得《雀斑》的定价贵吗?

□不贵，一书两册觉得很值 □偏贵了，漫电影不需要这么厚

□无所谓，不管定价多少我都会买

6、您还会继续购买《雀斑》第二部吗?

□当然会 □不会了（请注明原因）

7、您在阅读《雀斑》的过程中有落泪吗？是在哪个情节?

____

____

8、关于《雀斑2》您有什么建议想告诉雪漫?

____

____

寄回地址：北京市朝阳区拂林路9号景龙国际A座1901室 邮编：100107

信封上请注明（雀斑读者调查）